木戸の夏時雨

大江戸番太郎事件帳㈩

特選時代小説

喜安幸夫

廣済堂文庫

この作品は廣済堂文庫のために書下ろされました。

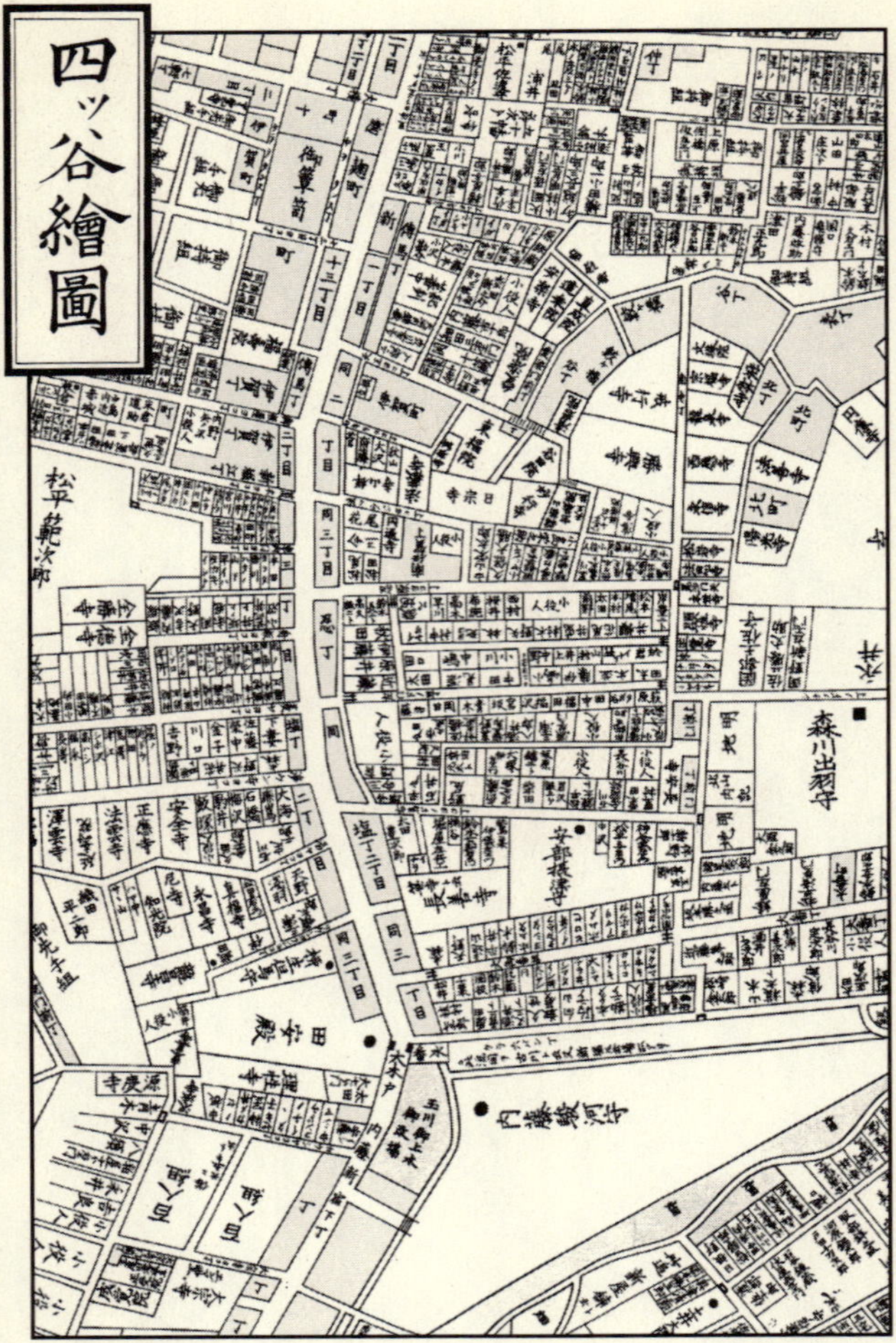

四ツ谷繪圖
森川出羽守
松平範次郎

埋もれた殺し

一

町を包みこむような響きが、きょうも四ツ谷左門町《よつやさもんちょう》にながれてきた。市ケ谷八幡《いちがやはちまん》で打つ昼八ツ（およそ午後二時）の鐘である。

「ほう、もうこんな時分かい。まだまわらなきゃなんねえところがあるからな」

言う源造《げんぞう》に木戸番の杢之助《もくのすけ》は、

「あとは忍原《おしはら》の自身番かい」

軽く返した。

「あゝ。年が明けてからというもの、奉行所じゃ江戸総浚《そうざら》いに本腰を入れているらしいからなあ」

「江戸……総浚い、か」

杢之助はすり切れ畳の上で独《ひと》り言《ごと》のように呟《つぶや》いた。このとき左門町に、まだ緊迫感はなかった。

「まあ、向こうの自身番より、こっちの木戸番小屋のほうがよっぽど頼りになるんだがよ」

腰を浮かせ、源造は腰高障子《こしだかしょうじ》に手をかけた。

「買いかぶってもらっちゃ困るぜ。儂《わし》はただの番太郎《ばんたろう》なんだから」

迷惑そうに杢之助は言う。

自身番なら昼夜を問わず町役《ちょうやく》や書役《かきやく》が輪番制で詰め、常に四、五人の顔がそろっている。それにくらべて木戸番小屋は〝生きた親仁《おやじ》の捨て所〟などといわれ、老いて行き場のない隠居などが住みつき、木戸の開け閉めをしながら町からわずかな給金をもらい、住人からは番太《ばんた》とか番太郎などと呼ばれているのだ。その番太郎の杢之助を岡っ引の源造は、

「なに言ってやがる。おめえがここぞというときに冴《さ》えを見せることくらい、俺はとっくに勘づいてらあよ」

開けた腰高障子の前でふり返り、

「だからよう、頼りにしてやってんだ。ありがたく思いねえ」

言いながら敷居をまたいだ。

いつもながら杢之助にはドキリとする言葉である。視線がはずれ、一瞬の目の変化に気づかれなかったのはさいわいだった。

「さあ、陽が落ちて寒くならねえうちにまわらねえとな」

歩み出したときである。

「おじちゃーん」

声とともに太一《たいち》が源造の横をすり抜け木戸番小屋に飛びこんできた。小さな旋風《つむじ》のような勢いにいかつい源造が、

「おっと」

身をかわした。

「わっ、いつものおじちゃんだ。ま、いいや。これ、あとでまた取りにくらあ」

太一は手習い道具をすり切れ畳の隅に置くなり、またいつものように敷居を飛び出そうとする。

「あ、待て待て、一坊《いちぼう》。その、手に持ってるのはなんだ」

杢之助は呼びとめた。

「ん？　これかい」

太一は振り返り、

「きょう拾ったんだ。浩《こう》ちゃんに、泥人形の刀に打ち変えてもらうんだ」

提燈《ちょうちん》の留め金具のようだ。曲がって錆《さ》びついている。どこかの道端にでも埋もれていたのだろう。

障子戸の外に、太一よりひとまわり体の大きな男の子が、手習い道具を手に立っている。一緒に麦ヤ横丁の手習い処から走り帰ってきたようだ。杢之助や源造と目が合うと、ぴょこりと辞儀をした。

「さあ、行こう」

「うん」

太一が外に飛び出すなり先に立って左門町の通りへ駈けて行った。

「ボロ鉄《がね》を打ち変えるって、ありゃあ忍原《おしはら》横丁の峰市《みねいち》のせがれじゃねえのか、飾り職人の」

「あゝ。浩助《こうすけ》といって、手先が器用で近所じゃ峰市さんもいい跡取りを得たもんだと評判だ。もう十三歳になったというんで、今年の初午《はつうま》のまえには手習い処を終え、父親について本格的に簪《かんざし》打ちの道に入るとかいってたなあ」

「ふーむ。いい跡取りを得た……か」

源造は奥歯になにかが挟《はさ》まっているような言い方をし、浩助と太一が土ぼこりを上げて行った左門町の通りに目をやり、

「おっと、こうしちゃいられねえ。忍原の自身番に行かなくっちゃ。いいか、大江戸総浚いだ。おぉう、外はやっぱり寒い」

風が吹いたようだ。念を押すように言ってふところ手に首をすぼめ、さきほど浩助と太一が駈けて行った方向に歩をとった。

「寒いならちゃんと閉めていきなよ」

杢之助は一人ごちながらすり切れ畳から三和土《たたき》に降り、左門町の通りを見つめて目を細くした。

初午は如月《きさらぎ》（二月）の最初の午《うま》の日で、もう目の前に迫っている。手習い処はむろん、三味線や踊りなども含め稽古事の一年の初めはこの日となる。その区切りに、浩助は読み書きの手習いから職人の世界に入る。十三歳になったのだから、いままで麦ヤ横丁の手習い処に通わせてもらっただけでも仕合わせだ。しかもそのあと遠くへ丁稚《でっち》奉公に出されるのではなく、父親から直《じか》に飾り職人の技を仕込まれ、母親もそばにいるのだから、当時の江戸の町衆の子供としてこれほど恵まれた環境はそうざらにあるも

のではない。すでにその真似事をし、だから手習い仲間の太一から拾ったボロ鉄を刀の形に打ちこんでくれなどと頼まれたのだ。

頼んだ太一のほうは、天保三年の正月が明け、ようやく九歳である。ついこのあいだまでは、母親のおミネが仕事を終えるのを杢之助の木戸番小屋で待ち、ときにはすり切れ畳の上で杢之助の掻巻《かいまき》をかぶって寝てしまうこともあった。そのたびにおミネは太一をそのまま抱いて木戸番小屋横の長屋に帰ったものだった。

(おめえも、まっとうに育つんだぜ)

浩助のあとにつづいて太一が駈けて行った通りに視線を投げ、杢之助は胸中に呟《つぶや》いた。

左門町の通りは甲州街道の四ツ谷大木戸の内側で、街道から南に向かって伸びる三丁(およそ三百米《メートル》)ほどの町家である。木戸は街道に面し、その内側に立っている九尺二間の小屋が杢之助のいる木戸番小屋である。

忍原横丁は左門町とおなじ甲州街道の枝道で、左門町の東側に位置し隣町というよりはおなじ町内といったほうがいいような背中合わせの町である。

街道のほうから左門町の通りへ風がまたひと吹きした。

「おぉ、寒い」

李之助は声に出し、腰高障子にかけていた手に力を入れようとした。

「おー寒い、寒い。李さん、熱いのを一つ。いま大丈夫？」

町内のおかみさんが一人、下駄の音を小刻みに響かせながら木戸番小屋に駈け寄ってきた。

「あ、、あるよ。一つでいいのかね」

李之助が三和土に身を引くと、おかみさんも敷居をまたいで中に入り、

「いいねえ、やっぱり。ここは暖《あった》かくって」

おかみさんはひと息ついたように言う。

どの町の木戸番小屋でも、町内から出る給金だけではやっていけず、小屋で荒物か駄菓子を売る小さな商いをしており、住人もそこで間に合うものはできるだけ町内でまかなうようにしている。李之助も洗濯板や柄杓《ひしやく》、束子《たわし》に桶《おけ》などの荒物をすり切れ畳の上にならべている。さらに冬場は焼き芋も売る。火を扱う商いはいずれの町でも厳しい規制を設け、町役たちがなかなか認めないものだが、木戸番小屋では常時人がいるということで大目に見ているのだ。

「一つでいいのかい。いまなら二つ焼けているよ。持っていきねえな」

「そうだね。じゃあ二つもらおうかね。あちちち」

おかみさんは腰をかがめ、手を出して芋の焼け具合を見た。

「ちょうどいい。こんがりだ」

器用に手拭で包みこみながら、

「さっきお御簞笥町《おたんすちょう》の岡っ引が来てたけど、またあのお鼠さんとかいっている、小気味のいい盗賊のことかね。だったらこんな町家へ来ずにお大名屋敷のまわりでも張っておればいいのにねえ」

などと話しだす。

木戸番小屋へ買い物に来た近所のおかみさんが話しこんでいくのは常のことである。ときには買い物とは関係なく町内のご隠居たちのたまり場になったりもする。

「街道を見張っておけとか、町内で急に金遣いの荒くなったのはいないかなどと調べに来たのさ」

「そんなの分かりっこないよねえ。そうそう、話は変わるけど、暮れに越してきたばかりの、ほら、廻り髪結《まわりかみゆい》のおモトさんていったよねえ。けっこう腕がいいんだって。街道筋のご新造さんたちも言ってるらしいよ」

おかみさんは七厘の前にしゃがみこんだままだ。

「ほう、おモトさんねえ。苦労人に見えるが所帯じみてもいず。ほんとに独り者かね」

「いやだ、李さん。目をつけてるのかえ」

相槌《あいづち》を打っていると話はとりとめなくつづく。

「はは、儂《わし》は一人で気ままにいるのが一番さ。おっと、つぎの芋を載せなくちゃなんねえ」

李之助はまた腰を上げた。

木戸番小屋には町内の噂《うわさ》が毎日のように集まる。なにか事あるたびに岡っ引の源造が顔を出すのも故《ゆえ》なしとしない。ときには重要な手掛かりがころがっていることだってあるのだ。

「ねずみ……か」

李之助は新たな芋を七厘に載せながら呟いた。

数年前から江戸のあちこちで噂にのぼっていた盗賊が、今年もいっそう話題になりそうな、

（そんな感触だなあ）

この天保三年の正月が明けたとき、李之助は左門町の木戸番小屋で芋を焼きながら思ったものである。

大名屋敷ばかりを狙い、江戸の町衆《まちしゅう》から〝小気味のいい〟などといわれている盗賊

が一躍評判になったのは、去年の師走《しわす》（十二月）の慌しいときに北本所《きたほんじょ》の水戸《みと》徳川家の中屋敷が荒らされ、それを瓦版《かわらばん》が大げさに書き立ててからである。なにしろ水戸藩といえば徳川御三家の一つである。そこに盗賊が入ったとあれば、町衆の目からは江戸城の御金蔵が破られたほどの大事件に映《うつ》る。

水戸藩第九代当主の中納言斉昭《ちゅうなごんなりあき》も江戸城内で息巻いた。

『わが屋敷が被害に遭ったからというのではない。大名家ばかりが荒らされ、これを町奉行所がいまだ放置しているとは何事か！　早急《さっきゅう》に捕縛し、市中引廻しのうえ磔《はりつけ》にせい！』

中納言の勢いに老中はさっそく南北町奉行、火付《ひつけ》盗賊改方《あらためがた》、八州取締出役《とりしまりしゅつやく》らの捕り方を集め、早々なる召捕りを下知《げじ》した。とくに老中から指示が出された捕り物は御《お》下知物《げじもの》といわれ捕り方三方総掛《そうが》かりとなる。

『こいつはすげえ。ねずみも大《てえ》したもんだぜ』

『こりゃあもう〝お鼠さま〟だわさ』

被害を受けない無責任な巷間《こうかん》は言ったものである。

こうして天保二年が暮れ三年が明けたのだから、杢之助ならずとも、

（今年はいっそう鼠が評判に）

思っても不思議はない。

また一陣の風が吹いたようだ。腰高の障子戸が音を立てた。冬場で戸を閉めきっていても、部屋の中はきょうもほこりっぽくなりそうだ。

（ねずみ……か。いってえ、どんな野郎だ）

ふたたび思ったときだった。

「杢さん。いなさるかね」

声とともに障子戸が開いた。

「おう、来ると思ってたぜ。座りねえ」

「へえ」

杢之助は荒物の隙間《すきま》を手で示した。さっきまで源造が腰を下ろしていたところである。

「源造さん。昼めしはおめえのところだったんだろう」

「さようで。だからその件でちょいと」

言いながら腰を下ろした。街道おもてに居酒屋の暖簾《のれん》を出している清次《せいじ》である。居酒屋といっても場所が街道に面しているとあっては、朝早くから往来人に茶を出し、昼時には飯も出す。酒肴が中心となるのは夕刻からであり、朝が早いだけに閉めるのも繁華な町中《まちなか》の居酒屋にくらべ早い。昼めし時分の過ぎたいま、店はちょうど暇になる。清次は五十路《いそじ》を過ぎている杢之助にくらべ、四十がらみで精悍《せいかん》な感じがする。もちろん杢之助も頭に白髪まじりの小さな髷《まげ》を載せ、顔にも皺《しわ》を刻《きざ》んでいるとはいえ、細身の筋肉質で若いころは精悍だったことをまだまだ忍ばせている。居酒屋は木戸を出て右手の東へ一軒目で、木戸番小屋とはほとんど背中合わせになっている。

「言ってたろう。江戸総浚いを、よ」

「へえ。いやに張り切っておりやした」

清次は腰を下ろしたまま上体を杢之助のほうに向けた。大きくはないが街道に面したおもてに暖簾を張る居酒屋の旦那が、町の番太郎に腰を折っている姿など奇妙としかいえない。もちろん他人の前で、二人がそのような姿を見せることはない。

「店には何人かお客が居合わせておりやしてね。そりゃまあ源造さん、えらい熱の入れようでした」

清次は言う。

『おう。おめえらもよーく見張っておくんだ。見慣れぬ者で立ち居振る舞いのおかしな野郎、ケチな面《つら》しているくせに金遣いの荒いのを見かけたら、すぐにこの居酒屋の裏手の木戸番小屋に知らせるんだ。知ってて黙ってたら承知しねえぞ。なにしろ江戸中総浚いだ。あちこちで嗅ぎまわっているわけの分からねえお人らに先を越されちゃならねえ』

源造は清次の出したタダ酒を引っかけながら息巻いたそうな。

「ははは、一人でなあ。まわりは盛り上がらなかったろう」

なにぶん町衆に被害はなく、狙われるのは大名家か大身《たいしん》の旗本屋敷ばかりである。恐れるよりも逆に町衆は溜飲《りゅういん》を下げ、この一件が老中肝煎《きもい》りの御下知物になったことで〝お鼠さま〟などとも言いはじめているのである。

『おっと源造さんよ。その金遣いが荒いってのがケチな面《つら》じゃなくって、金持ちそうな大店《おおだな》の旦那みてえだったらどうすりゃいいんでえ』

などとからかう者もいたそうな。この界隈の者で、源造を恐れて〝親分〟などと呼ぶ者はいない。といっても、軽く見ているのではない。源造も他の岡っ引とおなじように大店でちょいと袖《そで》の下を得たり、飲食の店でタダの飲み喰いをするのは常時あることだ。だが、阿漕《あこぎ》なまねはしない。それよりも、町の治安になみなみならぬ意を注いでいることを、住人たちは知っている。親近感を持っているのだ。さっき居酒屋でからかわれたときも、

『馬鹿野郎。悪戯《わるさ》なんぞして稼いでいるような奴はな、みんなケチな面をしてやがる

もんだ。おめえらだってこの界隈でふざけた真似しやがってみろ。この俺がタダじゃおかねえぞ』

源造は言ったものである。

「ははは、源造らしいや。で、おめえが源造の来たあとわざわざここへ足を運んだってえのは、なにか気になることでもあったのだろう」

「それでさあ。〝裏で嗅ぎまわっているわけの分からねえお人ら〟なんて源造は言ってやしたが、ここでも言ってませんでしか」

「あゝ、隠密同心かい。ここではきょうとくには言ってなかったが、とっくに気をつけてるぜ」

「それならいいのですが」

「鼠とやらの一件が御下知物に格上げされたときにも、あの岡っ引は言ってたじゃないか。どこでどう隠密同心が嗅ぎまわっているかしれねえって。だがな、清次よ」

「へえ」

清次は話すよりも聞く姿勢になった。

『奉行所の与力や同心をあなどっちゃいけねえ。どんな目利きがいるか知れたもんじゃねえからなあ』

とは、日ごろから杢之助が清次に言っていることなのだ。常町廻りの同心はむろんのこと、とくに職人にも乞食にも変装する隠密同心がなにかの事件で探《さぐ》りを入れている最中に、事件には関係のない賭博《ばくち》打ちや無宿者が網にかかって御用になるのはよくあることなのだ。隠密なればこそ、どのような些細なことにも嗅覚を研《と》ぎ澄《す》ましているのである。

「だが、かえってな、ビクビクしながら他人《ひと》を見てたら、逆に相手の目を引くことにならあ。いつも自然体でって、おめえが日ごろから言っていることじゃねえか。儂《わし》はそのお鼠さんとやらが騒がれているあいだは、とくにしがねえ番太郎でいさしてもらうぜ。実際に……そうなりてえのだがなあ」

「ごもっともで」

清次は応じながら、視線を荒物に落とした。上体はまだ奥に胡坐《あぐら》を組んでいる杢之助に向けたままで、もとに戻そうとはしない。

「おめえ、やはりなにか話したいことがあって」

「しかし、他所《よそ》さまの目を左門町に向けさせるようなことがあってもならねえとは、杢之助さんがいつも」

「あゝ、言っている。そのために毎日、気が安まらねえのじゃないか。おめえ……なにか」

李之助はフッと皺《しわ》を刻《きざ》んだ表情に翳《かげ》りを見せた。

「実は」

と、清次が李之助に視線を戻したときだった。腰高障子が音を立てるなり、

「やっぱりこの小屋は暖かくていいねえ」

また町内の顔見知りのおかみさんだった。声と同時に冷たい外気もすり切れ畳の上にながれこんでくる。

「おや、おもての居酒屋の旦那。こんなとこで油売ってたんですかね。ご新造さんに叱られますよ」

さっきのと同様、愛想のいいおかみさんだ。

「まあな。そろそろ夕方の仕込みをしなくちゃ。それじゃ木戸番さん、また暖まらせてもらいに来ますよ」

「はい、いつでも」

商人言葉に戻って腰を上げる清次に、李之助は胡坐の腰を心持ち浮かせて応じた。話をつづけるわけにはいかない。

（あとで）

二人は視線を交わし合った。

新たに来たおかみさんも焼き芋だった。まだ焼けていない。焼けるまで、おかみさんはどこで猫の子が生まれただの野良犬が子供に嚙みつきそうになっただのと、しばし他愛のない世間話をしてから熱い芋をふところに帰っていった。

木戸番小屋の中で、杢之助は一人になった。いくら背中合わせだからといって、忙しくなりかけた居酒屋の亭主をわざわざ木戸番人が訪ねて行くのは不自然である。それに店では話もできない。

(急ぎの話でもないようだったが、いったい清次はなにを)

杢之助は首をかしげた。

二

おもてを往く人の影が昼間より長くなっている。

「おじちゃーん」

いつもの声とともに腰高障子が勢いよく開き、飛びこんできたのは太一である。

「おうおう、刀はできたかい」

「なに言ってんだい。そんなに早くできるわけないだろう」

口の利き方はもう一人前である。

「きょうはさび落としで、浩ちゃんのおじさんに教わって、おいら自分でやったんだ。あした浩ちゃんが焼きを入れて刀のかたちに打ってくれるんだ」

太一は三和土に立ったままである。以前ならすり切れ畳に飛び上がり、杢之助に諸国の風物話などをせがみながら、母親のおミネが夕飯を持ってくるのを待つところである。おミネは清次の居酒屋を手伝っているのだ。もう三十代も後半だが、色白で細身のせいか歳より若く見える。

「そうかい、そうかい。浩助に打ってもらうのはいいが、あそこの仕事のじゃまにならねえようにするんだぞ」

「分かってらい、そんなこと。じゃあ、また行ってくるよ」

太一は入ったばかりの敷居を飛び出た。夕刻の書き入れ時に母親の仕事を手伝うのが最近では日課になっている。調理場の奥で皿洗いをするのだ。太一の成長ももちろんだが、九歳になっても木戸番小屋に飛びこんでくるときの掛け声が、三歳か四歳の以前とまったく変わりのないのが杢之助にはことさら嬉しかった。そのころの太一は長屋の部屋も木戸番小屋も自分の部屋のように振舞っていたが、親も子もない杢之助にはそれがまた心和《なご》ませるものであった。

「おうおう、ちゃんと閉めていかねえか」

すこし隙間をのこした障子戸に杢之助は声を投げた。

「一坊。そのままでいいぜ」

返ってきたのは大人の声だった。

「うん、おじちゃん」

太一の声も聞こえる。街道のほうへ駈けて行ったようだ。

障子戸に影が二つ、外はまだ明るさがのこっている。陽はまだ落ちていない。

「松つぁん、竹さん。早く入って戸を閉めてくれんか。すきま風が入ってくるじゃないか」

杢之助はあらためて声を投げた。

「おう」

戸の外で威勢よく応じたのは鋳掛屋《いかけや》の松次郎《まつじろう》だった。ということは、もう一つの影は羅宇屋《らうや》の竹五郎《たけごろう》である。二人ともおミネとおなじ木戸番小屋の奥の住人で、それぞれ手に職を持ち出商《であきな》いの棒手振《ぼてふり》稼ぎで日々をしのいでいる。

松次郎は障子戸の前に商い道具を引っかけた天秤棒を降ろし、

「太一もすっかり一人前《いっちょまえ》になりやがったなあ。きょうもおっ母アの手伝いかい」

歯切れのいい口調で言いながら腰高障子を引き開け三和土に入ってきた。角張った顔に体躯《たいく》は職人らしく引き締まっている。杢之助は広げていた荒物のかたづけにかかっていた。夕刻になれば買い物客はもう来ない。

竹五郎も背中の道具箱を降ろし、

「やっぱりここは暖かくっていいねえ」

もそりと敷居をまたぎ、うしろ手で障子戸を閉めた。外気の入ってくるのがとまった。松次郎はもうすり切れ畳に腰を下ろしている。

「外はどうやら風が出てきやがった。あしたの仕事ももう請け負っているのに、木枯らしなんぞ吹かなきゃいいんだがなあ」

松次郎は角張った顔を心配そうに、竹五郎が閉めたばかりの障子戸に向けた。鋳掛の仕事は、まずふいごで火を起こすことから始まる。なにぶん路上や町の広場、寺社の境内などが仕事場になるから、火の粉を飛ばすのは厳禁である。

「なあに、あしたになりゃあ熄《や》んでるさ」

丸顔の竹五郎は言うことが楽天的なら、体躯もそれに似合ってぼっちゃりとしている。

「おめえはいいよ。雨の日でも屋根の下で仕事ができるんだからなあ」

松次郎が返す。

二人は別段、話があって木戸番小屋に角顔と丸顔をならべたわけではない。一日あちこちの町をながし、帰ってくると杢之助を相手にひと息入れながらその日に仕入れた町々の噂を話し、それから町内の湯屋に行くのが日課のようになっている。鋳掛屋も羅宇屋も通りすがりの物売りとは違い、その場に陣取ってご隠居やおかみさん連中と話しながらの商いとなるから、それだけ話題も豊富になる。三十路《みそじ》にはまだ手のとどかないせいか生きがよく、江戸では珍しくない男やもめで町衆の気風を乗せ日々を渡っている二人である。両名とも木戸番小屋のすり切れ畳に腰を下ろし、出された茶をすすりながらその日の話をし、一日を終えた気分になるのだ。

「ところで杢さんよ」

さっそく松次郎が杢之助のほうに身をよじった。

「暮れに湯屋の向かい側へ引っ越してきた髪結《かみゆい》のおモトさんだけど、どうもようすがおかしいよ」

非難する口調ではない。心配しているような言い方である。

「そう、そうなんだよ」

松次郎の横に腰掛けた竹五郎も同調する。

「ほう、どんなにだい」

杢之助は興味を持った。他所の町の噂ではなく、町内の話なのだ。きょう昼間焼き芋を買いにきた町内のおかみさんも噂話に乗せ「腕がいいらしい」と言っていた。そこに新しく左門町の住人になった女やもめのおモトの身状《みじょう》を訝《いぶか》る風はなかった。そのときは適当に聞きながしたのだが、いきなりおモトの名が出たときには内心ドキリとしたのだった。それをいままた松次郎と竹五郎が「ようすがおかしい」などと言いだしたのである。関心を抱かざるを得ない。

女髪結のおモトが、左門町の通りの中ほどにある裏店《うらだな》に引っ越してきたのは、二月《ふたつき》ほど前のことになろうか。湯屋と通りを挟んだ向かい側の路地で、木戸番小屋の奥にある松次郎たちの塒《ねぐら》とおなじような棟割《むねわり》長屋である。絵描きの母子が怱々《そうそう》と引っ越して行ったあとに入ったのだ。四十がらみだが機敏そうな感じのする細身の女である。話題にした町内のおかみさんが杢之助をからかったように、独り身で越して来たのだ。東海道の小田原《おだわら》辺で、おもに商家を得意先にご新造さんたちを相手に出職《でじょく》の髪結をしていたという。それなら別段どうということはない。女の髪を結う女髪結は珍しいものではない。だがおモトが木戸番小屋へ挨拶に来たとき、

『木戸番さん、十年ほど前もここにいなさったか』

などと訊《き》いたのである。杢之助は困惑した。その以前を隠すために、左門町の木戸番小屋で市井《しせい》に埋もれ、目立たないように暮らそうとしているのである。

(この女、まさか隠密同心の手先で、儂に目をつけたのでは)

などと穿《うが》ったりしたものだった。だが、そうでもなさそうだった。おモトは清次の居酒屋でもおなじことを訊いていた。杢之助も清次もそのころはまだ左門町にはいなかった。それを聞くとおモトは湯屋でも『十年前……』と訊《たず》ねていたという。まるで聞き込みでも入れているようである。それも、十年も前のことを……。

「おかしいんだ。なにやら思いつめたようで」

「そう。向かいの麦ヤ横丁を突っ切って、そこの寺町の裏手にある御先手組《おさきてぐみ》の組屋敷のあたりをながしていたのさ」

松次郎の言葉に竹五郎がつないだ。

麦ヤ横丁は、左門町の通りと街道を挟んだ向かい側で、北に伸びる町家である。街道から左門町とおなじように三丁も進むと寺町に行きあたり、その裏手が武家地で御先手組の組屋敷が広がっている。

「その一角の広いところで店開きをしていたのよ。すぐに竹の野郎を呼んできてあとを尾《っ》けさせたのさ」

「あとを尾けた？　誰のだい。それも組屋敷で？」

杢之助は問い返し、

「松つぁんの話はいつもせっかちでまとまりがなくっていけねえ」

「そうよ。最初からちゃんと筋道を立てて話さなきゃ、杢さん分からないじゃないか。尾けたあとの話は俺がするからさ」

早口の松次郎に、ゆっくりとした口調の竹五郎もたしなめるように言う。

「そうかい、そうかい。じゃあもう一度最初から話さあ」

松次郎は早口で返し、

「そうさな。寺の境内で弁当を喰ったあとだから、午《ひる》すぎってことにならあ。ふいごを踏んで火を起こし、まわりにはもう近所の屋敷のお女中が三人ほど鍋《なべ》を持ってしゃがみこんでなさった。そこへおモトさんが通りかかったのさ。俺は声をかけようとしたさ。ところがどうでえ。俺のすぐ前を通っていながら、まったく俺に気がつきゃしねえ。おかしいだろう」

「ふむ、おかしい」

杢之助は相槌を入れた。

「俺は声をかけようと思ってふいごを踏みながらじっとおモトさんを見ていたんだぜ。それでもだ、まるで気が抜けた、いや、そうじゃねえ。ありゃあなにかにとり憑《つ》かれているようだったなあ。ただ前方をじっと見つめてよ。それも睨《にら》むでもなく物を找《さが》すでもなく、ただ前方の空間を見つめ、ひたすら歩いてるって感じだった。手には髪結の道具箱を提げてよ。そこで俺はおかしいって感じたのよ」

「なにかに憑かれてるってかい」

「それもある。だが考えてもみねえ。場所は右も左も御先手組の組屋敷ばかりだぜ」

「あ、なるほど」

杢之助は頷いた。御先手組といえば戦時の足軽隊である。平時では数ばかりそろっているがまったくの閑職で、せいぜい城門の警備に交代で出るか、将軍の増上寺や寛永寺参詣《さんけい》のときの警護くらいしかすることがない。当然扶持米《ふちまい》は少なく与力でも八十石、同心なら十五俵二人扶持《ぶち》かせいぜい三十俵三人扶持と、与力の五分の一か三分の一くらいでしかない。クビにならない代わりに限られた仕事を大勢で分け合っているという生活《たつき》が、代々つづいているのである。〝百俵一家六人泣き暮らし〟などと言われている下級武士の生活で、これではあるじ一人分の口糊《くちこ》しすらおぼつかない。当然どの家も一家総出で細工物や裁縫、傘張りなどの内職に余念がない。喰い物など、ときには晩酌もする松次郎や竹五郎たちのほうがいいものを口にしていようか。だからかえって鋳掛の需要もあり、あるじの道楽といえばせいぜい煙草《たばこ》くらいで、煙管《きせる》の脂取《やに》りだけでなく曲がった雁首《がんくび》や吸口《すいくち》の修理も羅宇竹《らうだけ》の挿《す》げ替《か》えもする羅宇屋にもけっこう声がかかるのである。屋敷といっても白壁に囲まれているわけではなく、板塀か低い植込みがあるだけだから触売《ふれうり》の声もながしやすい。

そのような一帯で外から髪結を入れる余裕などあるはずがない。内儀も娘も髪を結うときには母娘か隣近所で互いに結ったり結われたりしている。そこに廻り髪結のおモトが歩いていたのだ。しかもなにかに憑かれたように……。松次郎が奇妙に思っても不思議はない。だが火を起こしている最中にその場を離れることはできない。

『ちょいとごめんなさいよ。火を見ていてくだせえ』

鍋を持ってふいごの前に座りこんでいたお女中に断りを入れ、近くをながしている竹五郎を素早くさがし、

「あとを尾けさせたって寸法さ」

「そう、俺はちょうどひと仕事終え、外に出たところだったのでね」

竹五郎がつないだ。

二人ともお節介でもおモトを怪しんだわけでもない。町内に越してくれば新参者で

も町の仲間だ。それの異様なようすを心配したのである。松次郎や竹五郎でなくとも、昼間木戸番小屋に焼き芋を買いにきたおかみさん連中ならなおさらだ。声をかけるなり左門町に引き戻してくるなり、なんらかの行動をとったことであろう。

御先手組の組屋敷を北へ抜ければ備中《びっちゅう》松山藩五万石板倉《いたくら》家の下屋敷《しもやしき》があり、その白壁と向かい合うように市ケ谷谷町《たにちょう》の町家が広がっている。おモトはその町に入った。竹五郎は五、六間（およそ十米）と離れず尾いたが、おモトはひたすら前方を見つめ、まったく竹五郎に、

「気づくようすはなかった」

そうな。

路地に入った。

「俺たちの塒《ねぐら》とおなじような裏店《うらだな》だった」

その長屋で一番手前にある障子戸の前に立ち、いきなり音を立てて引き開けるなり中に入ったというより、踏み込んだそうな。竹五郎は近づいた。そのとき、

『おふざけでないよ！』

中からおモトの声が聞こえたという。

「あんな啖呵《たんか》を髪結のおモトさんが切るなんて」

竹五郎が驚いたのは想像に難《かた》くない。聞き耳を立てようとした。

「ところがそんなときに限ってお客がついたもんだからさあ」

竹五郎に声をかけたのは、かなり裕福そうなご隠居だったという。煙管を数本立てた道具箱を背負っておれば、触売の声を出さなくても羅宇屋であることは分かる。隠居は煙管のいいのを、

「あつらえたい、なんて言うもんでよ」

ついそちらについて行き、

「いい商いに」

なったそうな。羅宇屋にとって煙管の新規あつらえなど願ってもない上客である。

「だからおめえはダメなんだよ」

松次郎は竹五郎のほうに身を向けた。

「さっきからおんなじことを何度も言うなよ」

竹五郎はふてくされた表情になり、話をつづけた。

「仕事を終えてさっきの裏店にとって返したんだが」

もうその部屋におモトがいる気配はなかったらしい。

「おっと、もう外が暗くなりかけているぜ。早く湯に行かなきゃ」

陽が落ちたようだ。あとは急速に暗くなる。腰高障子に目をやった松次郎は腰を上げた。

「そういうことなんだ」

言いながら竹五郎もつづいた。

松次郎は敷居のところで振り返り、

「なんだか気になるだろう、杢さん。だから、木戸からもちょいと気をつけてやっていてくんねえ」

言うとうしろ手で障子戸を閉めた。そのまま二人は湯屋に向かった。

「う一ん」

人影の消えた障子戸に視線を投げ、杢之助は唸《うな》る以外になかった。

「おっと、早くしねえと」

一人呟《つぶや》き、三和土に降りて炭火ののこりから油皿の灯芯《とうしん》に明かりをとった。

三

待った。あたりがすっかり暗くなってから杢之助が待つといえば清次しかいない。

櫺子窓《れんじまど》も腰高障子も閉めきっているが、すきま風か油皿の炎がしきりに揺れる。

「おっと、消しちゃならねえ」

油皿の場所を変えた。松次郎と竹五郎はもうそれぞれの部屋で掻巻《かいまき》を引きかぶって白河夜船であろうか。あしたは午前中に御先手組の組屋敷をながしてきょうのつづきをこなし、午後には二人で市ケ谷谷町をながすと言っていた。杢之助が頼んだのだ。

『おモトさんが訪ねた相手ってどんなお人だい』

と、気になるところである。もちろん竹五郎は確かめようとしたが、その前に上客がついてしまったのだ。おそらく頼まなくても二人は谷町をながすことに変わりはないだろう。松次郎などは、

『おモトさんの喧嘩相手って男かい、それとも女だったのかい。男なら天秤棒でひっぱたいてやろうじゃねえか』

などと事情を聞く前からもうおモトに加勢する気になっているのだ。

「おっ」

小刻みな下駄の音とともに腰高障子へ提燈《ちょうちん》の明かりが射した。

「おじちゃーん」

太一の声のすぐあとに、

「風があるから、開けずにこのまま帰りますね」

おミネの声だ。いつもなら太一ともども中に入り、ひと息ついてから塒《ねぐら》に帰るところだが、今夜は風も一緒に入りそうなのを気遣っているようだ。

「あ、、おやすみ」

杢之助は返してから、

「一坊、あしたもおっ母アを手伝うんだぞ」

「うん、浩ちゃんちに行ってから」

よほどあしたの刀を楽しみにしているようだ。同時に、飾り職人の片鱗《へんりん》を見せている浩助の姿に、どういうわけか安堵の念が湧いてくる。外では提燈の明かりが風に揺れながら、もう腰高障子の前を離れていた。

（もうすぐ来るだろう）

思い、部屋の隅の油皿に視線を移した。また大きく揺れたのだ。もう五ツ（およそ午後八時）時分である。

場所柄、陽が落ちてから清次の居酒屋の暖簾をくぐるお客は、これから内藤新宿に繰り出す前にちょいと軽く一杯といったのがほとんどだ。三人づれ四人づれで来て腰も軽く、店の回転はいい。それも五ツごろには絶える。代わって色街《いろまち》がさんざめく時分となる。それらの気配は、四ツ谷大木戸の内側の左門町にまでは伝わってこない。左門町は、陽が落ちてから半刻《はんとき》（およそ一時間）もすれば通りを歩く人影も絶え、野良犬か野良猫ばかりが徘徊《はいかい》するところとなる。

（おう、来なすったな）

明かりを持っていなくとも気配で分かる。

「入りねえ」

杢之助のくぐもった声に、

「こんな夜は、熱燗が一番だと思いやしてね」

忍ぶような声とともに障子戸が開く。音がしない。

「おっと」

一緒に入ってきた風に、杢之助は慌てて手で油皿の炎を覆った。

「大丈夫ですかい」

「あゝ。消えたら火種の用意がまた面倒だからなあ」

杢之助が振り返ったとき、清次はもうすり切れ畳に上がり、二人のあいだにチロリが一本置かれていた。酒の香の湯気が立ち上っている。

「おめえ、昼間なにか言いたそうだったが、いったいなんだったんだい」

杢之助から口火を切った。杢之助も話したいことがあるのだ。松次郎と竹五郎が見たというおモトの件である。

「へえ。近ごろちょいと気になることがありやしてね」

清次は杢之助の湯呑みに熱い酒を注ぎながら、

「去年の暮れ、越してきた女髪結なんですがね」

「おモトさんの？」

杢之助は湯呑みに伸ばしかけた手をとめた。

「えっ、やはりなにか杢之助さんも気になることが？」

清次も自分の湯呑みにチロリの酒を注いでいた手をとめ、油皿の淡い明かりのなかに顔を上げた。

十年前に……と杢之助も清次もおモトから訊かれ、ともに首をかしげたのだ。二人は同時に口を開きかけた。

「一本じゃ足りないと思って」

外に声がし障子戸が音を立てた。志乃である。白い息を吐いている。四十がらみのいくぶん色が浅黒く健康そうな女だ。その志乃が来たとき、杢之助はなんらの警戒心も見せない。清次が街道に居酒屋の暖簾を張っていられるのはこの女房どののおかげといおうか、働き者で経理《きりもり》もなかなかのものである。それにもまして、杢之助と清次の以前を知っているのは町内で、というよりこの世では志乃一人だけなのだ。その志乃が清次と夫婦になっているのを杢之助が知ったとき、

『まさか、おめえ』

と、心底《しんそこ》驚いたものである。

湯豆腐の土鍋と小皿二人分を載せた盆を持ち、さらにチロリを一本提げたまま、器用に腰高障子を開け中に入る。

「ほう、湯豆腐とは豪勢な」

言いながら杢之助はまた油皿の炎を手で覆った。

「あら、ごめんなさい」

志乃は言ってから盆とチロリをすり切れ畳の上に置き、

「すぐ出ますから」

杢之助と清次のほうに押しやるとすぐ腰を伸ばし、

「それじゃおまえさん。あたしは先に休ませてもらっていますから、ごゆっくり」

ふたたび障子戸に音を立てた。今宵の清次と杢之助の話の内容を知っているような口振りである。

杢之助はまた腰高障子に視線を投げた。このようなとき、

『おめえには過ぎた女房だぜ』

言うのが杢之助の口癖《くちぐせ》になっている。実際にそう思っている。だがきょうは、

「おめえの話から先に聞こうか」

清次に視線を戻すなり言った。

「志乃から聞いてあっしも初めて気がついたのですがね」

清次は応じ、盆を引き寄せた。火を通したばかりなのだろう、土鍋からも湯気が上がっている。

「最近、毎朝おモトさんがうちの縁台でお茶を飲んでるんですよ。十日ほど前からのことらしいのです」

左門町の木戸は四ツ谷大木戸までわずか三丁ばかりであり、清次の居酒屋では朝早くから軒下に縁台を出し、一杯三文の茶を商っている。江戸府内から旅人が立つとき、見送り人はおよそ四ツ谷大木戸までというのが相場であり、そうした見送り人やこれから立つ者にとって、沿道で気軽に飲める茶はけっこう重宝がられている。

その縁台におモトが毎朝座っているというのである。もちろん一杯三文の茶を飲みながらである。町内の者がわざわざ町の木戸を出たところで銭《ぜに》を払って茶を飲むなど

奇異である。最初に茶を運んだのはおミネだった。

『あら、髪結のおモトさんじゃありませんか。お長屋はすぐそこなのに』

声をかけると、

『いえね、女でも独り暮らしなら茶を沸かすのも面倒でしてねえ』

などと答えたらしい。だがそれが毎日つづくので志乃は不思議に思い、

「それとなく観察していると、あることに気がついたと志乃は言うのですよ」

清次は自分で注いだ湯呑みを口に運んだ。杢之助も二口目を喉に通した。褞袍《どてら》を羽織っていても、やはりすきま風が冷たい。こういう夜は、からだの芯から暖めるのが一番だ。

「なんにだい」

杢之助は話の先をうながした。

「忍原横丁の浩助でさあ。ほら、飾り職の峰市さんのせがれで」

「知ってるよ。その浩助がどうした」

きょう昼間、太一が遊びに行ったばかりだ。あしたも行くのを楽しみにしている。

「縁台からは麦ヤ横丁の入り口が目の前でさあ。毎朝、太一も浩助も手習い処へ行くのに街道を横切ってそこへ吸いこまれて行きまさあ」

当たり前の話である。手習い処は麦ヤ横丁の通りからさらに枝道を入ったところにあり、左門町や忍原横丁から通っている手習い子たちは、左門町の木戸の前から街道を横切っている。向かいが麦ヤ横丁への入り口になっているからだ。

『そのとき、街道を見つめていた視線が空《くう》を泳ぎ、浩助と目を合わせないようにしながらも凝《じ》っとその動きを追っている』

志乃は清次に言ったらしい。もちろん、忍原横丁の浩助が街道に飛び出してきてから……である。浩助のうしろ姿が麦ヤ横丁のほうに消えてからも、

『しばらくその方向を見つめている』

そうな。

「それできょう、あっしも確かめてみたのですよ」

「で？」

杢之助はあらためて清次の顔を凝視した。すきま風に油皿の炎がまた揺れた。

「そのとおりでした」

「うむ」

頷き、手にしていた湯呑みを口に運んだ。喉をとおり胃ノ腑に落ち、その感触が全身に広がる。だが、からだに火照《ほて》りを感じるのは酒のせいばかりではなかった。

「おモトさんは左門町に引っ越してきたとき、十年前……などとあっしらに訊いておりやしたよねえ」

清次は杢之助の表情を探るように見つめた。

「うむ。十年前……儂《わし》が長安寺《ちょうあんじ》の寺男《てらおとこ》から、縁あってこの左門町の木戸番小屋に住まわせてもらうようになる少し前のことだぞ」

以前を振り返るように声をいっそう落とした杢之助に、

「あっしがまだ、大川《おおかわ》（隅田川《すみだがわ》）端の船宿《ふなやど》で船頭に出ながら包丁人をやっていたころになりやす。この左門町にはまだ縁もゆかりもない……」

清次も述懐するように低声《こごえ》をすり切れ畳に這《は》わせた。

それは杢之助がこの木戸番小屋に入り、いくらかの時期を経てからのことだった。

町役の一人から、

『ここの木戸は五街道の一つ、甲州街道に面しており、他の町とは違った気苦労もある。たとえば、こんな事件も……口外無用だがな』

と、左門町の木戸番人の心構えの一つとして聞かされたのだ。

「あのときは心底《しんそこ》、町衆というものの恐ろしさをあらためて知った思いがしたものだ。その思いは、いまも変わらんがなあ」

杢之助が言うのへ、

「それは、あっしもで」

清次は頷いた。

指を折れば、杢之助が町役から聞かされたその事件は、ちょうどいまから十年前のことになる。やはり年の明けた寒いころだったらしい。

甲州街道で、それも左門町の木戸のすぐ前だったという。夜明け前のまだ薄暗いころ、女の叫び声が聞こえた。街道に面した古着屋の手代が戸のすき間から目撃した。小さな子を抱いた旅姿の女に男が追いすがるなり蹴り倒し、子を奪おうとした。女は持っていた細身の匕首《あいくち》で刺した。地面に抛《ほう》り出された子は泣き叫ぶ。男はよろけながらおも女に襲いかかろうとする。女は手負いの男を突き飛ばし、子を抱き上げようとした。男はその場に崩れるように顚倒《てんとう》し、あとはもう動かなかった。そこへ外濠《そとぼり》の四ツ谷御門の方向からもう一人の男が駈けてきた。走り方から若い男と感じたそうな。男は走りながらふところから匕首を抜き放った。『待ちやがれ』と叫んだ声を聞いたという。女は子を抱き上げられないまま驚いたように立ち上がった。そのとき古着屋の手代は街道に飛び出した。他の家からも数名の者が飛び出てきた。それらの人影から女は逃れるように、足をもつらせ何度も振り返りながら四ツ谷大木戸のほうへ走り去った。飛び出てきた複数の人影に男は女に追いすがることもできずきびすを返し、もと来た方向へ逃げるように去り、いずれかの枝道に消えた。路上には泣き叫ぶ小さな男の子と、女に刺された男の死体だけが残された。町役の手の者がすぐに四ツ谷御門前の御簞笥町に走った。岡っ引の源造である。すぐさま走ってきた。源造は常町廻りの同心から配下を証明する手札《てふだ》をもらい、岡っ引稼業を始めたばかりだった。

陽が昇ったころには八丁堀から同心が奉行所の小者数名を引きつれ、左門町に出《で》張《ば》ってきた。左門町の木戸番小屋が同心の詰所となり、男の子も木戸番小屋に収容され、町内の女たちが集まって三歳くらいだろうと見立て、寒いからと朝湯にもつれていき着替えも食べ物も用意し、面倒を見た。

探索するまでもない。死体の男の腕には前科を示す黒い粗末な入墨《いれずみ》が三本もあり、身元はすぐに分かった。大川向こうの深川《ふかがわ》辺を縄張りにする掏摸《すり》で、三度捕まったことを示している。逃げた女は歳格好と三歳の男の子をつれていたことから、死体になった掏摸男の女房と推定され、途中まで駈けつけ逃走した若い男は、殺された男の手下で腕に入墨一本を巻いている駆け出しの掏摸と判明し、奉行所から捕方《とりかた》が深川の塒に走ったが、すでに行方をくらましていた。

刺した女はすでに江戸町奉行所の管掌《かんしょう》外である四ツ谷大木戸の向こうに逃れ、殺された男も逃げた若いのも埒は大川向こうの深川である。騒ぎが発生したのは甲州街道の四ツ谷左門町であっても、源造には手の届かない事件となった。同心も木戸番小屋を引き揚げ、左門町に残されたのは三歳の男の子のみとなったのだった。左門町の町役たちは額を寄せ合い、そこに源造も加わった。

『子は左門町住人たちの眼前で女が捨てて行ったものなれば、捨子《すてご》に相違ございません』

町役たちは奉行所に申し出たのである。奉行所は二つ返事で左門町の申し出を受け入れた。奉行所にとっても、それは願ったり叶《かな》ったりだったのである。

捨子の場合は、拾った地域が養育しなければならないのが御掟法《ごじょうほう》である。町や村ぐるみで養育しながら貰い人をさがし、名乗りがあればなにほどかの金子を添えて引き取ってもらうのが慣例となっているのだ。もちろんその間の入用も添えるべき金子も、地域単位の町村が支弁することになる。男の子が生まれ住んでいた深川に奉行所を通じて町役が掛け合い、後事《こうじ》を押し付けようとすればできないことではなかった。その子の出自《しゅつじ》は明らかなのだ。だが左門町の町役たちは、主だった住人たちも合意の上でそれをしなかった。町の者で、言う声が少なくなかったのだ。

『深川に押し戻せば、この子には出自がついてまわり、隠すことはできなくなる。一生掏摸の子として生きなきゃならんじゃないか』

『あの女は、掏摸の亭主から逃げようとして追いつかれたのに違いない。その意を汲んでやろうではないか』

そのときから事件については、町ぐるみで口止めの令が敷かれた。発案者は町全体なのだ。それは左門町から忍原横丁、麦ヤ横丁にも及んだ。奉行所の記録には残っても、町では事件そのものがなかったことになったのだ。

源造は奔走した。四ツ谷一帯はむろん、遠くの町の同業にも挨拶を入れ、子がいなくて欲しがっている夫婦者はいないかをさがし歩いたのだ。足元にそれはいた。木戸番小屋で町の女たちが交代で通って育てはじめてから数日後であった。忍原横丁から名乗りを上げる夫婦がいたのだ。それが飾り職人の峰市とおトキの夫婦だったのである。町に異存はなかった。だが、口止めの令はいっそう強化されねばならなかった。それは町内の子供たちにまで徹底された。

杢之助が「町衆の恐ろしさ」と清次に言ったのはそのことである。町役の一人から心構えの一つとして一度聞かされた以外、木戸番人として左門町に根を張るようになってからも、住人の誰からもその話を聞いたことはなかったのだ。焼き芋や荒物を木戸番小屋へ買いに来て世間話をしていく町内のおかみさん連中も、あの事件のあとから左門町に来た杢之助にそれを話すことはなかった。清次も居酒屋をしながら事件を耳にすることはなかった。左門町に同心が入った例として一度杢之助から聞かされただけで、清次とて町の口止めの令の奥を知り、女房の志乃にもそれを話していないのである。おミネも杢之助のあとから太一をつれて左門町の裏店に入った女だから、むかし街道で殺人事件のあったことくらいは聞いても、そこに子供が絡《から》んでいて、ましてそれが浩助であることまでは知らなかった。もちろん〝浩助〟というのは、峰市とおトキの夫婦がつけた名である。

だからおミネや志乃が街道に出した縁台でおモトの奇妙な目付きを見ても不思議に思うだけで、そこからなにかを感じ取る材料は持っていなかったのである。

「うーん」

ときおり揺れる油皿の淡い明かりの中で、杢之助はふたたび呻《うめ》いた。その呻きに、清次も無言の頷きを返した。

呻いたあと、杢之助は言った。

「そればかりじゃないぜ、清次よ」

「えっ、まだなにかあるので？」

「あるさ。舞台裏はまだ分からんがなあ」

李之助は前置きするように言ってから手酌で湯呑みを一気にあおり、松次郎と竹五郎の話を舌頭《ぜっとう》に乗せた。部屋の外に聞こえるのは風の音のみである。

「そ、それではもしや」

「そう。そのもしやが当たっていると、この町は大変なことになるぞ」

いま左門町の木戸番小屋の中で向かい合う二人の胸に去来したのは、浩助の行く末もさることながら、おモトが発端となり、いずれかでなにがしかの新たな事件が発生し、この場が同心たちの詰所となることであった。これまでそれを警戒し、だから近辺に起こった事件を密かに処理し、左門町が衆目の的になることを防いできたのではなかったのか。その火種をいま、左門町は抱えこんでしまったのかもしれないのである。

また通りを風が吹きぬけたようだ。外の物音と同時に、すり切れ畳に落とす二人の影が右に左に揺れた。

「冷える」

李之助は肩をすぼめ、褞袍の襟《えり》を合わせなおした。

四

夜のうちに風が熄んでいたのはさいわいだった。

「さあ、きょうも一日……」

吐く白い息とともに、杢之助が左門町の木戸に鈍《にぶ》い音を立てるころ、すでに長屋の路地には、

「ひーっ、冷てえ」

釣瓶《つるべ》で井戸水を汲む音に松次郎たち住人の声が重なり、

「うぇ、ゴホン。煙いぜ」

「あんたがそこに突っ立っているのが悪いんだよ」

竹五郎には団扇《うちわ》で七厘をあおぐ二軒どなりのおかみさんが言い返し、日の出の明け六ツ（およそ午前六時）というのに朝の動きはすでに始まっている。街道にも旅姿の人影がまばらに出ている。納豆《なっとう》売りや豆腐《とうふ》売りが木戸の開くのと同時に枝道へ入ってきた。

杢之助はそれらといつもの挨拶をかわし、街道に出て大きく伸びをした。東から射

したばかりの陽光に、凍てついた空気のやわらぐのが肌に感じられ、往還にくっきりと映し出された人の影に生き返った思いがする。

すぐ背後に板戸の動く音がした。清次の居酒屋である。一枚だけ開けた雨戸から、暖簾《のれん》の先が出てきた。志乃である。

「あら、杢之助さん。きょうもおモトさん、きっと来るはずですから。あとでお茶、出しますから」

早朝にいきなり言ったところを見ると、十年前の件を清次から聞かされたようだ。昨夜、清次が帰ったのは木戸を閉める夜四ツ（およそ午後十時）前であった。志乃は先にやすむなどと言っていたが、起きて待っていたのだろう。

「あゝ。そのときには儂も相伴《しょうばん》に与《あずか》らしてもらうよ」

杢之助は返し、木戸番小屋に戻った。長屋で七厘の種火《たねび》をもらい、すり切れ畳に荒物をならべる。見た目にはきのうにつづくきょうがあるだけだが、

（さて、なにが始まるか）

思わずにはいられない。腰高障子を閉め、しだいに勢いを増す七厘の炭火で、部屋の中の冷気がゆっくりと暖められていく。

「じゃあ、杢さん。行ってくらあ」

外から威勢のいい声が障子戸に投げられた。

「おぅ、行くかい」

杢之助は白足袋《しろたび》をはいた足を三和土に下ろし下駄をつっかけた。障子戸を開けるとふたたび冷たい外気が部屋にながれこんでくる。番太郎は夏でも冬でも白足袋が決まりである。敷居をまたいだ。

松次郎と竹五郎が商売道具をととのえ腰切半纏《こしきりばんてん》に股引《ももひき》姿で長屋を出ていくのは、いつも日の出の明け六ツより半刻《はんとき》（およそ一時間）ほどを経た六ツ半ごろである。

「よろしくな」

おもてに出た杢之助は再度白い息を吐いた。

「いいとも」

木戸の手前で松次郎が振り返り、白い息を返すとともに鉄床《かなとこ》に木槌《きづち》や金槌《かなづち》、ふいごに炭などを入れた籠《かご》を天秤棒の前後に提げた紐を握り左右に振った。商いに出るときのいつもの景気づけの仕草である。

「あのあたりなら」

竹五郎もそれにつづいた。二人で御先手組の組屋敷から午後には市ケ谷谷町にまわる算段を立てている。

「きょうもいい商いができそうだから」

と、背の道具箱を両手でぐいと押し上げた。五尺（およそ一・五米）ほどの縦長の木箱で、小さく数段ならんだ抽斗《ひきだし》には金具の雁首《がんくび》と吸い口をつなぐ羅宇竹《らうだけ》や、脂《やに》掃除の紙縒《こより》や襤褸布《ぼろぎれ》が入っている。箱の上蓋《うわぶた》にはいくつもの穴があり売り物の煙管《きせる》を数本立てている。それらが抽斗の鐶《かん》とともにガチャリと音を立てる。さあ行くぞという、これもいつもの仕事に出るときのけじめの音になっている。

「おう」

松次郎がその音に応じ、二人とも向きを変え木戸を出た。そのまま街道を横切って麦ヤ横丁に入る。街道にはもう大八車や荷馬に駕籠が行き交っていた。

（頼むぜ）

ふたたび杢之助は口の中で呟いた。

「さあてと」

杢之助は二人を見送ってから横手の居酒屋に向きを変えた。老境に近い夫婦者と見える二人が縁台に腰を下ろしている。朝の散歩か旅に出る者を見送ったのか、独り者の杢之助には、

（ああいう余生を送りたかったが）

いまさら思っても届かぬ光景である。

一度木戸番小屋に戻ってひと息入れ、手習い処の始まる五ツ時分（およそ午前八時）近くにふたたび腰を上げた。いつもなら太一の元気な声とそれを追いかけるおミネの下駄の音を番小屋の中で聞くのだが、きょうは縁台でそれを見送ることになる。

街道に出た。さきほどの老境に近い夫婦者はもういなかった。薪《まき》を満載した大八車が停まっている。二つある縁台の片方に、頬被《ほおかぶ》りをした男が座っていた。

「ご精が出ますなあ。ひと休みかね」

杢之助は声をかけ、もう片方に腰をかけた。

「あ、。冬場は運ぶ量が多く、ありがたいことだ」

男は返してくる。継ぎはぎの股引と袷《あわせ》の着物だが垢《あか》じみていないのが、家に帰れば働き者でこまめな女房のいるのをうかがわせている。清次とおなじくらいの四十がらみに見える。

声に気づいたのか、志乃が盆に湯呑みを載せ暖簾から出てきた。薪運びの男に、

「ごゆっくりね」

声をかける。この居酒屋にも薪を卸したようだ。

すぐに杢之助に向きなおり、

「もうすぐですよ、きっと」

言いながら湯呑みを縁台に置く。

「すまないねえ」

杢之助が応じてからすぐだった。左門町の通りからおモトが髪結の道具箱を提げ出てきた。杢之助はさりげなく顔を向け、

「おや、おモトさんも仕事前の一服かね」

声をかけた。

「これは木戸番さんも」

おモトは返し、薪運びの男が座っている縁台に腰を下ろした。縁台の真ん中に座っていた男は意外といったようすで腰を浮かせ、隅に寄っておモトの座をつくった。

(話しかけられるのを避けている)

杢之助は感じ取った。おモトが来ればすぐ横に座らせ、世間話でもして毎朝ここで浩助を見つめている理由《わけ》の一端をさぐろうと思っていたのだ。そのためにも先客がいて一方の縁台がふさがっているのは好都合だった。そのつもりで片方の縁台の隅のほうに座り、おモトが座りやすいように場を開けていたのだ。それでなくても、見知らぬ相手の横よりも顔見知りである町内の木戸番の横に座るのが自然であろう。だがお

モトはわざわざ真ん中に座っている薪運びのほうに歩を向け、しかも杢之助とのあいだにその薪運びを置くかたちに座ったのだ。話しかけにくい。志乃がすぐに茶を運んできたが、そこにはぎこちない空気がながれていた。

「おう、一坊」

杢之助は声とともに手を上げた。左門町の木戸から太一が飛び出てきたのだ。そのあとにおミネが追いかけるようにつづいている。

「あっ、杢のおじちゃん、こっちだったのか。どうりで返事がないと思ったよ」

立ちどまり、すぐに街道へ駈け出た。

「気をつけろよ。駕籠や馬にぶつかるな」

「そうよ、太一」

杢之助が言ったのへおミネがつなぎ、

「あら、おモトさん、きょうもですか」

言いながら縁台に近づき、

「朝からこちらとは珍しいですね」

杢之助にも声をかけ、暖簾の中に入った。このあと仕事を志乃と交代するのが、おミネの一日の仕事始まりとなっている。志乃はこれで昼めし時の仕込みまでゆっくり休むことができる。

おモトはおミネにも座ったまま湯呑みを手に軽く会釈しただけで、あとはやはり聞いたとおりであった。あいだに薪運びを一人置いた場から街道を凝《じ》っと見ている。忍原横丁の方角である。

出てきた。浩助である。十三歳のせいか、太一のように手習い道具を振りながら街道に飛び出したりはしない。ゆっくりと歩いてくる。おモトの視線が浩助に釘づけられている。

近づいてくる。おモトは視線をはずした。だが、神経は浩助に注いでいるのが杢之助にも感じ取れる。

居酒屋の前に来た。

「あれ、木戸のおじさん。きょうはこっち?」

立ちどまり、杢之助に話しかける。

「あ、おまえたちが街道で駕籠や馬にぶつからないようにと思ってな」

「大丈夫だい」

「はは、おまえはもう大きいものなあ。きょうも手習いのあと、太一がおまえんとこへ行くんだって?」

「うん、おいらの初仕事だい。一ちゃんが相手の遊びでも、手を抜かず真剣に打てときのうお父《とう》に言われちまったよ」

「そうか、いいお父だなあ」

杢之助はもっと話したかった。おモトが視線を街道の空間に泳がせているものの、その範囲に浩助をとらえ、全神経を耳に集中しているのを杢之助は感じ取っていたのだ。浩助の声を、全身に収めようといった風情である。

「じゃあ、おじさん」

浩助は麦ヤ横丁のほうに向かった。引きとめることはできない。手習いを遅刻させるわけにはいかない。背だけが見える。おモトの視線はそこに向けられた。麦ヤ横丁に入り、見えなくなるまでおモトの目は浩助の背を射ていた。

「あの子も今年の初午がすぎれば」

杢之助はおモトに声をかけようとした。

が、

「さあ、おれもまだ踏ん張らなきゃ」

薪運びの男が立ち上がり、

「おかみさん、ありがとうよ。湯呑み、ここに置いてていいかい」

暖簾の中に声を入れ、大八車の轅《ながえ》に手をかけた。

おモトも、話しかけようとした杢之助を無視するように、

「あたしも」

腰を上げ、浩助の入っていった麦ヤ横丁のほうに向かった。手習い処を外からのぞくつもりだろうか。話のきっかけは得られなかった。だが、収穫には違いない。おモトは間違いなく浩助に注目し、その加減も尋常でないことを慥《しか》と感じ取ったのである。さっきの分だと、浩助は最近左門町に越してきた髪結の女から見つめられていることに気づいていないようだ。

「ごちそうさん。ありがとうよ」

杢之助も腰を上げ、暖簾の中に声を入れた。

「あら、もう帰るの。新しいのを入れたのに」

おミネが紅《あか》い襷《たすき》に前掛姿で顔をのぞかせ、杢之助の横に腰を下ろした。上野池之端あたりの水茶屋を真似ているのだが、色白で細身のせいかけっこう似合っており、下駄の鼻緒《はなお》まで紅いのが華《はな》やいだ雰囲気をつくっている。一日でまとまった自分の時間がなく、面倒くささもあって髪はいつも洗い髪のままなのが、そこにかえって色っぽさを添えているようだ。

「そのうち結わせてくださいな」

縁台でおモトは一度おミネに言ったことがあるそうな。

「え丶、そのうち」

おミネは応えたそうだが、おモトと会話を交わしたのはこれだけだという。いつも用意をととのえ店に出てきたときには、もうおモトは去ってそこにはいないらしいのだ。おモトは縁台に座っているとき、相手が李之助に限らず誰とも語りたがらないようである。

番頭から丁稚までそろった四人づれのお店者《たなもの》風が大木戸の方向から近づいてきた。商用で旅に出る仲間を見送っての帰りだろうか。

「いらっしゃいませ」

背におミネの声を聞いた。さっそくおミネの一日の仕事が始まったようだ。

腰高障子を締め切った番小屋の中に、李之助は一人になった。左門町の通りにも人通りは多く、飴売りや雪駄《せった》直しも入ってくる。それら触売《ふれうり》の声を聞くたびに、

（隠密同心では）

思えてくる。障子戸に人影が立ち、それが焼き芋か荒物を買いに来た町内の顔見知りであるたびに安堵を覚えるこのごろである。

（松つぁんと竹さんは……きょう）

おモトの異常を確認したあとである。いっそう思われてくる。

五

午《ひる》すぎである。松次郎と竹五郎は予定通り市ケ谷谷町へ向かっていた。午前の御先手組での仕事が一段落ついたのだ。

「おモトさん越してきたばかりなのに、こんなほうに知り合いでもいたのかなあ」

「いや。知り合いというよりも、たしかに言い争っていたから……いったいなんなんだろう」

「おもしろそうじゃねえか。相手の面《つら》も素性も知りたくなったぜ」

谷町への道は上り坂となる。武家地をすぎ、雑多な町家の一角が見えてきた。

「そろそろ声を上げるか」

「あゝ。きのう鋳掛の宣伝しておいたから、松つぁんにはすぐお客がつくかもしれないぜ」

松次郎が言ったのへ竹五郎が返す。業種の異なる二人がいつもつるんで商いに出ているのは、自分の仕事をしながら相手の宣伝もしてやるためだ。竹五郎は商家の裏庭に入ってご隠居を相手に羅宇竹を濡縁《ぬれえん》にならべ、腕のいい鋳掛屋がいま近くをながしている。

「ところでお宅に鋳掛の用はございませんかね。腕のいい鋳掛屋がいま近くをながしているんですがねえ」

と言えば、近くの広場で商売道具を開いている松次郎が、穴の開いた鍋や釜を持って集まったお女中や女房衆に、

「お家の旦那さまか男子《おとこし》さんたちで、煙草をおやりになるお方はありやせんか。いまおもしろい羅宇屋が近くに来ておりますぜ」

などと話す。それらがけっこう効果的なのだ。

確かに松次郎の腕はいい、錫《すず》と鉛《なまり》の合金を熱で溶かし、鍋の底の穴をふさいで金槌で打ちこみ、つぎに木槌で平らにする。そのときの打ち加減は経験によってしか得られず、松次郎が打った鍋の底を目をつむって触れれば、どこが継ぎ目か分からないほどなめらかとなる。もちろん、ふさいだ部分と周囲との凹凸の差もほとんど感じさせない。当然、鍋物をしていて箸が引っかかるようなことはない。そこまで見事に打ちこめる鋳掛屋などそうざらにいるものではない。

竹五郎にしても、松次郎が「おもしろい」などと言うように、他の羅宇屋にはない

独特の技術を持ち〝笹《ささ》の竹五郎〟などともいわれているのだ。

それよりも、他所《よそ》の町で土地の無頼の者に因縁をつけられ、諍《いさか》いになったときなどもすぐ片方が駈けつけ、二人で対処するのだ。それに武家地では威張り散らして仕事に難癖をつけ、代金を踏み倒そうとする輩《やから》もいないわけではない。そういうときにもすぐ一方が駈けつけ、

「いい仕事じゃないですかい。これのどこがいってえ気に入らねえのです」

と加勢するのである。とくにこうした場合は、一人よりも二人のほうが断然やりやすい。きのうもきょうも御先手組の武家地であったが、さいわい仕事に難癖をつけるような輩はいなかった。

白壁の片方に人の息吹を感じる。谷町である。

「イカーケ、イカケ。打ちやしょーっ」

「キセールそうじ、いたーしましょう」

交互に声をながす。

「あら、ほんとうに来てくれたんだねえ」

きのうの竹五郎の宣伝が効いていたようだ。町家の一角からさっそく穴の開いた鍋を持ったおかみさんが出てきた。

「へい、さっそく。どこでやりやしょう」

一人でまわっていたなら、近辺を触売の声とともにひとめぐりしてから一箇所に腰を据えることになるが、それは竹五郎がやってくれるだろう。

「おう、ちょうどいい。あそこの広いところで」

松次郎が顎《あご》をしゃくったのは、備中《びっちゅう》松山藩五万石板倉《いたくら》家の下屋敷の角だった。すぐ近くに板倉家が出している辻番小屋が立っており、六尺棒を持った番人が常時五、六人詰めている。その前に若干の広場ができている。そこの町家側に店開きをすれば、辻番からも文句は出ないであろう。

「じゃあ、おれはちょいと町のほうをながしてくらあ」

竹五郎は言い、

「キセールそうじ」

声を上げながらその場を離れ、二本目の枝道のところで立ちどまって入り口のあたりを手で示し、

「いたーしましょう」

そのなかに入って行った。松次郎は道具類をならべながら頷きを返した。その枝道に、おモトが訪ねて言い争いになった長屋の路地があるのだ。

ふいごを踏みはじめた。

「きょうは夜のうちに凪がやんでくれてよかったねえ。とくに外で火を使う仕事は」

言いながら鍋を持ったおかみさんはふいごの前にしゃがみこんだ。寒いものだから少しでも暖をとろうとしたのだろう。火種は午前中のものを小型の灰入れの中に取ってあるから、火を起こすのは早い。

「おやまあ、道端に火があるのはありがたいねえ。あたしのうちのお釜《かま》も頼むよ」

通りかかった町家風の女が足をとめてふいごをのぞきこんだ。

「へい。お待ちしておりやす」

松次郎は威勢よく返した。すでに錫と鉛の合金に焼きを入れる作業に入っている。

「こいつが火の玉みてえに真っ赤になったところなんざ、可愛いもんでしてねえ」

「夜、墓場でやりゃあ不気味だろうねえ。火の玉が走ったるみたいで」

「へへ。死人《しびと》に鍋や釜はいりませんや。それよりも夜といやあ、さいきん岡っ引がまわってきませんでしたかい」

手を動かしながらの会話も、鋳掛屋には商いの大事なコツである。魚屋や野菜売りのように売ってすぐその場を離れるのではなく、長時間お客と相対しているのだ。自然、町々の噂話の伝達役になったりもする。炭火のまわりにしゃがみこんでいるのは、さきほど通りかかったおかみさんを含め、すでに三人になっている。

「来た来た。お鼠さんだろう。そこの白壁の中から出てきたら、岡っ引には悪いが、お茶の一杯でもふるまってかくまってやるよ」

「そうそう。このあたりの下屋敷にも蓄えがあるだろうから、入ってくれないかねえ。ついでにそのおこぼれをあたしたちにちょいと」

「ははは、そんな泥棒などいるもんかね」

　女たちも話に余念がない。

「どこへ行ってもお鼠さんの評判はようございますねえ。四ツ谷御門や市ケ谷御門のほうじゃ、上屋敷も多いもんですから、岡っ引がありゃあきっとお大名家の屋敷内に詳しいもんの仕業だろうと、渡りの中間《ちゅうげん》上がりや、武家屋敷で開帳している賭場《とば》出入りの者を嗅ぎまわってまさあ」

　松次郎も話しに乗る。女たちには新しい情報のようだ。

「あら、もうそこまで絞りこんでいるのかね。捕まって欲しくないねえ」

「そういやあ、この町内にも一人いるじゃないか。独り者で得体の知れないのがさあ」

「岩五郎《いわごろう》のことかね。いやだねえ、あいつは。あたしとおんなじ長屋だよ」

　三人目に来たおかみさんが言う。

「そいつさあ、さっき入ってきた羅宇屋さんを呼びとめてたけど、また博打でもやって小金をふところにしたのかねえ」

「えぇ？　あいつ小金を貯めこむような顔じゃないよ」

最初に声をかけてきたおかみさんが返すと、

「それがおかしいのさ。きのう午後だったよ。女の人が来てなにやら揉《も》めてるのさ。それがきょうまた来て、朝方だったよ。こんどはひそひそ話さ。なんにも聞こえやしない」

「えっ、女の人が？　そいつはどんな野郎なんです、遊び人なんですかい」

松次郎は問い返し、

「へい、塞ぎます」

真っ赤になった合金を鍋の穴にあて、金槌を握った。この段階に入ると、自分から話をすることはできない。打つ速度に呼吸を合わせなければならないのだ。その速度が最初と途中では微妙に異なり、穴が塞がるとつぎは金槌と木槌を交互に持ち替え、塞いだ部分をなめらかにする。それを素早くするため、打ち終わるまで神経を集中していなければならないのである。

それでも二人目の釜の底を打ち終わったとき、かなりの情報を得ていた。さらに一

人が加わり、道端の炭火を囲んで女同士が、

「あんなのにお鼠さんができるものかね」

「そうだよ。お鼠さんはきっときりりと躰《み》が引き締まって、いい男に違いないさ」

話していたのだ。

その盗賊の忍びこみ方が、まず屋根の大瓦を剥がし、板葺《いたぶき》に穴を開け天井裏から部屋を物色して音もなく畳に飛び降り……とは、すでに巷間《こうかん》に流布《るふ》された瓦版《かわらばん》に書いてあったのである。

——人知れず天井を徘徊《はいかい》するさまは手馴れた鼠の如《ごと》しとまで記されていた。まるで見てきたような書き方だが、大名家荒らしの盗賊を巷《ちまた》が〝お鼠さん〟などと呼ぶようになったのは、瓦版の影響のようだ。

「そうさね。あんな無頼の遊び人をお鼠さんに重ねたんじゃ、お鼠さんに悪いよ」

「でもさ、ときどき板倉屋敷の中間が長屋に出入りしているみたいだよ」

「どうせ博打仲間か、そんなところだろうさ。お大名家の中間にもけっこう悪《わる》がいるからねえ」

「でも、そこへきのうきょう女の人が来たとはねえ」

「まさか、色でもできたのかい」

「いや、そんな風には見えなかったよ。あたしより年増の感じだったから」

「そんなら色にもなんにもなりゃしないよ」

「なにさ、それ」

とりとめなく話しのつづくなかに、

「へい、一丁上がりやした。その継ぎ目、触ってみてくだせえ」

「あら、まだ熱い。ま、継ぎ目をぜんぜん感じない」

お客からそう言われるのが、松次郎の最も喜びを感じるときである。

「さ。つぎ、入ります」

三人目の釜を手に取った。

どうやら岩五郎なる男は無頼の遊び人で、町内の嫌われ者でもあるようだ。そのようなところへ、おモトは出入りしていた。しかも、二日つづけてである。

(いったい)

松次郎にも思えてくる。

(竹の野郎、そいつから声がかかったというが)

女たちのおしゃべりがまだつづくなか、松次郎は焼けた合金を釜の穴にあてた。

竹五郎は確かに声をかけられていた。武家地と町家を分ける往還から枝道に入ったすぐのところに長屋の路地が口を開けている。その一番手前の部屋だった。岩五郎だが、まだ竹五郎は男の名前までは知らない。

「イカーケ」

最初の声のあとだった。腰高障子の開く音とともに、

「おう、羅宇屋かい。こっちへ来ねえ」

三十がらみのいくぶん筋肉のたるんだ、眉毛の薄い男であった。綿入れの袷《あわせ》を着こんでいる。昼間から働き盛りの男が長屋に一人でくすぶっているなど、竹五郎はいい印象を持たなかったが、声をかけられればお客である。

（あとで難癖をつけられれば松つぁんを呼びゃあいいや）

思いながら、

「へい、ただいま」

竹五郎は敷居をまたいだ。木戸番小屋とおなじ九尺二間の造作で、部屋の中は古ぼけた衝立《ついたて》に破れの目立つ行李、それに夜具などが雑然とし、日常のだらしなさがうかがえる。

（こんなところに、おモトさんはいったい）

松次郎とおなじようなことを感じながら、背の道具箱を雪駄や草鞋《わらじ》の脱ぎ捨てられた三和土に降ろした。

「こいつだがなあ」

と、男が出してきたのは、しばらく手入れしていなかったのか脂《やに》で汚れた煙管で、真鍮《しんちゅう》の部分は光沢を失って黒ずみ、羅宇竹にもひびが入っている。

「こいつはいけませんや。取り換えなくっちゃなりませんねえ」

「そいつを頼もうと思ったのよ。とりあえず安いのでいいや。すげ替えてくれ」

「へい」

竹五郎の出した数本のなかから安そうなのを一本選び、

「おっ、そっちのは彫《ほり》が入《へえ》ってるじゃねえか。見せてみねえ」

竹五郎は気が進まなかったが、

「さすが、お目が高うございます」

世辞を言いながら手渡した。

羅宇竹に竹笹の模様をさりげなく彫りこんでいる。凝《こ》ったのになると漆《うるし》を塗ったものや蒔絵《まきえ》風仕立てのものもあるが、大店のあるじか高禄の武士にしか手は出せない。だが竹五郎の竹笹の煙管はその素朴さがかえって風流を誘い、

『凝ったのよりこっちのほうがいいなあ』

と、竹五郎の常連になった商家の旦那衆や武家屋敷のあるじは少なくない。雨の日など商いに出られないときに、竹五郎が自分で彫ったものだ。これが竹五郎の自慢であり、特技であった。もちろんそれが売れれば手間賃も入る。

「ま、きょうは安いのでいいが、近いうちに大金が入るからよ。そんときゃあこんなちゃちな彫よりも、こってりとした漆塗りの上物を買ってやるから持って来ねえ」

男は竹笹の羅宇竹を破れ畳の上に投げ捨てた。こんな客はあまり気分のいいものではないが、

「へえ、ありがとうございます。で、近いうちとは、いつごろでございます」

竹五郎は雁首の脂掃除をしながら訊《き》いた。

「それは分からねえ。ともかく近いうちだ。はは、十両や二十両じゃねえぜ。百両か、いや二、三百両は入ろうかなあ」

「えっ、そんな大金?」

「そうよ。ま、おめえにゃ関係ねえや。それ以上は訊くな」

「へえ」

竹五郎は脂掃除をつづけた。男は機嫌よさそうだった。もちろん難癖をつけて代金

を踏み倒すようなこともなかった。

長屋を出た竹五郎は、

（………？）

振り返った。いっそう、男とおモトとの結びつきが気になってくる。

陽が西にかたむいている。

「どうやら野郎め、町の嫌われ者らしいぜ」

「話した感じもそうだった。そうか、岩五郎っていうのか、あの遊び人は」

「おめえの名と似てるな」

「うるせえやい」

二人は話しながら坂道を下っている。

「杢さんに話さなくっちゃなあ」

「でも、不思議だよ」

「なにが」

「なにがって。どんなことでも杢さんに話すと、知らぬ間に片付いてしまってたってことがよくあるじゃないか」

「それでいいじゃねえか。竹よ、おめえそこになにか不満でもあるのかい」

「いや、なんにもねえ。それで俺たちの町が静かであってくれればなあ」

「ほらみねえ。俺たちがそこに役立ってんなら、気分いいじゃねえか」

「そうだよな」

足は麦ヤ横丁に入っていた。

夕刻が近づいているせいか、街道を行き交う足はいずれも忙《せわ》しげになっていた。

「ほおう、そうかい。そんなところにおモトさんがなあ」

木戸番小屋で松次郎と竹五郎から交互に話を聞いた杢之助は深刻な表情をつくった。

さきほど太一が、

「これこれ。おじちゃん、ほれ」

と、浩助に打ってもらった刀の形を見せびらかしに来たばかりだった。あの小さなボロ鉄が刀の形に打ちこまれ、太一の手のひらで光っていた。さすがに親の環境か器用なものだと感心したものである。

杢之助は、
商売道具をまた木戸番小屋の前に置いたまま、湯に行こうとする松次郎と竹五郎を

「あ、ちょっと待ちねえ」

呼びとめた。

「しばらくな、このことは伏せておきなよ。おモトさんがどう関わっているか、困っているのかもしれないしなあ」

「おう、そう言うだろうと思ってたよ。なあ、竹よ」

「あゝ、俺たちにもなんだかわけが分からないからなあ」

二人は頷いていた。

木戸番小屋の中は、油皿の炎がまた二つの影をすり切れ畳に描き出していた。昨夜とは違い、風もなく影に揺れはない。

「どうやらおモトさん、浩助を見つめたあと、谷町へ行ったようだな。岩五郎って野郎、ケチな遊び人のようだが、素性がよく分からねえ。十年前のあのときと、どうも結びつきそうな……」

すでに夜五ツはすぎ、油皿に灯芯の燃える音がかすかに聞こえる。

「あっしもそう思いやす」

清次は応え、

「しかし、どう関わっているのか。源造に調べさせりゃ、岩五郎とかの素性は」

「なにを言う。十手をこの町に呼びこませないために苦労してるんじゃねえか」

李之助は声を低めた。

「へえ、分かっておりやす。ただ、つい、十年前にずらかった野郎がその後どうしたか、それを知りたかっただけでして」

「ま、それが分かりゃ舞台裏も少しは見えてくるかもしれんが。それよりもだ、おモトさんがきのうきょうと立てつづけに動いたってことはな、動きが急になっているってことじゃねえのか。やはりおモトさんは……」

言いかけた言葉を李之助は飲みこんだ。

「たぶん……間違いないでしょう。それに急ということは、ならばあしたもなんらかの動きを見せるってことで？」

清次がそのあとをつなぎ、李之助は応じた。

「そうさ。おめえは普通に店をやっておきねえ。儂がそれとなく気をつけてみるよ。おモトさんの動きを知るためにも、おミネさんにひと肌ぬいでもらうことになるかもしれねえ」

「えっ、おミネさんに？」

「ははは。巻きこむんじゃねえ。ほんのちょいと、おモトさんに声をかけてもらうだけだ」

「そんなことで、あの女の動きがつかめるので?」

「多少はな」

杢之助はさらに声をこごめた。

清次は何度も頷《うなず》いた。そのたびに、油皿の炎が小さく揺れる。

炎がもう何回揺れたろうか。

「ともかくお鼠さんより、こっちのほうが差し迫った問題だ。降りかかりそうな火の粉は、燃える前に消さなきゃならねえ」

「へえ」

清次は乾いた声を返し、腰を上げた。木戸を閉めるにはまだ早い、五ツ半(およそ午後九時)ころであった。

「さて、儂はこのあと火の用心にまわらなきゃならねえ」

それも番太郎の勤めである。

「夜はきのうのような風よりも、雨でも降ってくれたほうが都合いいんだがなあ」

「杢之助さんにこんな苦労、させたくねえんですが」

「なあに、好きでやってるのよ。夜中に町をながし、町のお人らが安心して静かに寝てらっしゃるのを確認するだけで、儂は安心できるのよ」

「分かりやす」

清次はことさらに低い声で応じた。

杢之助が拍子木を打ちながら町内をひとまわりし、木戸番小屋に帰ってきたとき、部屋には熱燗がもう一本用意されていた。

「清次め」

杢之助は顔をほころばせ、冷えたからだに熱いのをながしこみ、肩をブルッと震わせた。

（この火の粉、どこまで延焼を喰いとめられるか）

躰《み》が弛《ゆる》むよりも、恐怖に似た念が沸いてきた。足元に火種が落ち、それを左門町ばかりか浩助の身の上にも、

（広げちゃならねえ）

思われてくるのである。

六

「おう、杢さん。きょうも行ってくらあ」

　松次郎の声である。

　杢之助は急いで下駄をつっかけ、

「無理するなよ」

　おもてまで出て声をかけた。相手が動いているとすれば、進んで嗅ぎまわるのはかえって藪蛇《やぶへび》になる。

「あゝ。谷町はちょいと通るだけさ」

「声を入れるだけでな、きょうはその東手の武家地だ」

　二人は立ちどまり、振り返っていつもの仕草を見せた。谷町の東手には旗本屋敷が広がり、それを抜けると合羽坂となって坂の北側一帯に広大な尾張藩徳川家の上屋敷が控えている。御三家の一つである。

「さてと」

　松次郎と竹五郎の背は麦ヤ横丁の枝道に入っていった。

木戸番小屋でまた一人になり、杢之助はつぎを待った。おミネである。

「おじちゃーん」

太一が毎朝木戸番小屋の腰高障子に元気な声を投げこむのは、手習い処に通いはじめてから絶えることのない日課になっている。だがきょうは、

「気をつけるんだよ」

おミネがいつもは木戸を出てから太一にかける声が、木戸番小屋の前で聞こえた。

「分かってらい」

太一の声が遠ざかり、おミネは障子戸を開けた。

「驚いたよう。けさ井戸端でいきなり言うんだもの、髪を結えなんて。でも嬉しいねえ。杢さんがそんなにあたしを見ていてくれたなんて。どんな型にしようかねえ、丸《まる》髷《まげ》にも種類がいっぱいあるしさあ」

いつになく恥ずかしそうな表情を示した。

「あ、」

杢之助は応じ、

「早く行かないと、おモトさん、どっかへ行っちまうぜ」

「そうだね」

おミネは障子戸を外から閉めた。下駄の音が街道のほうへ向かう。

(すまねえ。聞き込みの道具などに……)

李之助は胸中で詫びた。

おモトは来ていた。やはり縁台に腰かけ、街道を見つめている。

「あら、おモトさん。きょうもですか」

おミネはいつもと違い、おモトとならぶように腰を下ろした。

「え、えぇ」

初めてのことに、おモトはとまどったようだ。

「いえね。このまえ、おモトさん、言ってくれたじゃないですか。あたしも髪を結ったらって」

「えぇ」

おモトは視線を街道に向けたままである。来た。浩助である。おモトの視線は空を泳ぐ。

「浩ちゃん、きのうはありがとう。太一、すごくよろこんでたよ」

「うん」

浩助はおミネに返し、いつもよりいくぶん遅かったせいか縁台の前を走りすぎ、街道を横切るとき荷馬にぶつかりそうになった。

「あぁっ」

おモトが声を上げた。浩助のうしろ姿が、麦ヤ横丁に消えた。おモトはホッとしたような表情になった。

「それでね、きょう結ってもらいたいのさ」

「えっ？」

おモトは視線をおミネに向けた。

「いつも明るいうちに帰ってらっしゃってるでしょ。そのとき、この店の奥か木戸番小屋を借りてちょいと」

「き、きょうはだめ。日暮れに行くところがあり、昼間は内藤新宿にお客さんができたばかりだし。あした、あした、あしたなら」

慌てたようにおモトは言う。

「そう。じゃあ、あした。約束ですよ」

おミネは腰を上げ、暖簾の中に入った。おモトは当惑したようにおミネの背に視線を投げ、立ち上がると髪結の道具箱を手に大木戸のほうに歩を進めた。

そのすぐあとである。清次が木戸番小屋に出向いていた。障子戸に音を立て、入るとうしろ手できちりと閉めた。暖まりかけた中に冷たい風の入るのを防ぐためだけではない。

「とまあ、そんな具合でした」

三和土に立ったまま、報告するように言う。

「ふむ、そうか。慌てたように……か」

杢之助はすり切れ畳に胡坐《あぐら》を組んだまま深い頷きを返し、

「清次よ」

ゆっくりと口を開いた。

「分かるかい」

「なにが？」

「やはり、動くのはきょうよ。きのうおとといと岩五郎のところだった。きょうもそこだろう。仕上げかもしれねえ。あの女、くよくよ悩むような面《つら》じゃねえ。思い立ちゃすぐ動く構《かま》えだぜ」

「どのように」

「そいつが分からねえから困るのよ。おモトさんの頭の中よ。なにを考えてやがる」

それが杢之助には不気味なのだ。

障子戸が動いた。左門町の通りで、おモトの住む裏店の向かい側に暖簾を出している一膳飯屋のおかみさんだ。ちょいと小太りで、無類の話好きである。

「さっきおもての清次さんが入るのを見かけたもんでね」

買い物でもない。口実を設けて話をしに来たようだ。

「じゃあまた来ますよ」

清次が言うと杢之助は、

「はい。そういうことで」

町内の旦那を見送るように腰を浮かし上体を前に折った。

「あら、清次さん。もう帰るのかね、せっかく来たのに」

「あゝ、店にまだちょいと用事があるもんでね」

「仕方ないねえ。それよりも杢さん、どうだね」

おかみさんは顔をちょいと上向きにした。

「おっ、その髪」

外へ敷居をまたぎかけた清次が気づいた。歳相応《としそうおう》の丸髷だが、いつもの無造作のものではなく、きちりと決まっている。

「きのうさ、おモトさん早めに帰って来たから、ちょいと結ってもらったのさ。店に来るお客さんに評判がよくってね。それに髪が引き攣《つ》らないし、そのくせ四、五日は崩れないというしさ。大した腕だよ、あの人は」

なんのことはない。髪を自慢しに来たのだ。

「そうかい、あのおモトさんねえ……。きょうはどこをまわるって言ってたね」

「あ、あの人の商い場は内藤新宿さ。越してきた当初から、大木戸の向こうをまわっていたようだからね。あの人ならすぐ常連さんがついても不思議はないさね」

なるほど内藤新宿なら宿場で遊里でもあるから、女の髪結の需要は多いはずだ。杢之助と清次は目と目で頷き合った。おモトが動くのは、きょう昼間は仕事でやはり夕刻からであることに間違いないようだ。

「それでは杢さん。また来ますよ」

「儂のほうも、いつもお世話になります」

おもてに暖簾を張るあるじらしく言う清次に、杢之助は丁寧に辞儀をした。人前では、やはり杢之助は町に雇われている番太郎なのだ。

清次の帰ったあと、一膳飯屋のおかみさんはすり切れ畳に腰を据え、しばらく話しこんでいった。

「おモトさんならさあ、亭主なしでもやっていけるわね」

また自分の髪を撫で、

「きっとぐうたら亭主がいて、おモトさんのほうから追い出したんじゃないだろうかねえ。あの人、自分のことはなんにも言わないけど、そんな感じがするよ」

と、ひとしきりおモトの噂話をし、

「岡っ引の源造がねえ」

と、いま話題のお鼠さんの話までする。杢之助は聞き役にまわっていた。夕刻まで暇なのである。

杢之助の予測は当たっていた。だが、事態はさらに先へ進んでいた。

十年前、街道で追いすがった掏摸《すり》男を刺して逃げたのは、間違いなくおモトだ。もちろん、そのときといまでは名を変えていよう。その当時の大川向こうの岡っ引が四ツ谷で殺された掏摸の身元を洗っても、いまのおモトとは結びつかないだろう。

掏摸男はおモトの亭主だった。おモトは三歳の子をつれ逃げようとし、甲州街道の四ツ谷で追いつかれた。そこに事件は発生したのである。おモトは亭主を刺してしまった。人に見られ、しかも仲間の掏摸も追ってきた。

（殺される！）

とっさに感じたのであろう。子を置いたまま逃げた。それを責めることはできない。自分の命が危ないのだ。そこへ町の者が出てきて、もう一人の男も逃げざるを得なかったのだろう。

おモトが東海道の小田原へ逃げのびたのは事実であろう。掏摸仲間が追っ手をかけるとすれば、甲州街道になろう。その裏をおモトはかいたことになる。

小田原で髪結の修行に励んだ。掏摸をやっていたくらいで、もともと手先が器用だったのか腕を上げるのは早かった。もちろん、歳をいってからの修行であったろうから、相応の苦労はあったはずだ。それにあのとき置き去りにした子を、忘れることはなかったろう。何度引き返そうかと思ったか、想像に難くない。それを押さえての修行である。見かけは四十がらみでも、実際はもっと若いのかもしれない。

十年を経て髪結でやっていけるようになり、自信もついた。生活《たつき》に落ち着きが出れば、思い起こされるのはやはり子のことである。落ち着けば落ち着くほどに、いても立ってもいられなくなったのであろう。

そこで事件のあった甲州街道の左門町に舞い戻った。なるほど事件発生は夜明け前でまだ薄暗く、戸のすき間から目撃した古着屋の番頭も悲鳴を聞き人影しか見ていない。顔までは見えなかったはずである。そこをおモトは心得ている。左門町に塒《ねぐら》を置いても〝あのときの女〟とは誰も気がつかないはずである。

裏店に居を得てから、それとなく噂にならない程度に探りを入れた。もちろんあのときの子供の行方である。町の口止め令は今なお効いている。得るものはなかった。だが、町内で十三歳になっている浩助を見かけた。すぐに分かった。飾り職人の峰市とおトキ夫婦の一人息子になっていること知り、安堵もし悩みもしたことであろう。浩助が不遇のなかに置かれているほうが、おモトには行動を取りやすかったかもしれない。すぐさま名乗りを上げ、自分の手許に引き取る——。だが、浩助は仕合わせそうであった。町ぐるみで護られているのだ。行く末にも、安心できるものがある。

いまもおモトは、

(迷いに迷っていることだろう)

浩助に対する……自分のあり方である。

だが、分からない。谷町の岩五郎の関わりだ。おモトと以前から面識があったようだ。ならばあのとき近くまで追って来てきびすを返し、逃げた男であろうことは予測できる。ならば諍《いさか》いもしよう。しかし、

（なぜおモトのほうから岩五郎のところへ乗りこんだのか）

逆なら話は分かる。それなら岩五郎が「近いうちに大金が入る」と言っていたのも、なんとなく辻褄《つじつま》が合おうというものである。

杢之助は待った。陽がかたむくのを……。

七

腰を上げた。

街道に出て清次の居酒屋に顔を出した。店はこれからそろそろ書き入れ時に入る。

「杢さん。あしたになってしまったよ」

おミネが残念そうにうしろで束ねた髪を撫でた。

「なにも急ぐことないやね」

杢之助は軽く応じ、

（行ってくらあ）

調理場から顔をのぞかせた清次と目を交わし合った。このあと木戸番小屋は太一が一人で七厘の火の番をし、訪ねて来る者があれば清次に知らせることになっている。

あるいは暖かいから松次郎や竹五郎が上がりこみ、太一の話し相手になるかもしれない。杢之助は源造の手伝いで、夜まわりに出たことになっているのだ。

——町の警備、とくに武家地の警戒は怠るな

とは、岡っ引たちがそれぞれの同心から命じられていることなのだ。杢之助も気を配っていると源造が聞けば、きっと太い眉毛を上下させて喜ぶことだろう。ふところには〝四谷左門町〟と町名が書かれた木戸番小屋の提燈を入れている。遅くなったときの用心だ。これがあれば、夜更けてからどこを歩いても怪しまれることはない。

杢之助の足は麦ヤ横丁に入り、さらに御先手組の組屋敷を抜け、谷町への坂道に向かった。陽が沈んだころ谷町に入ったが、途中で松次郎と竹五郎に出会うことはなかった。他の道筋を帰ったのだろう。

二人から聞いた枝道に入り、岩五郎とかの住まう長屋の路地をうかがった。一番手前の部屋であるのがやりやすい。腰高障子の中に、人のいる気配はするが客のようすはない。おモトはまだ来ていないようだ。

あたりはそろそろ暗くなりかけている。あとは急速に夜の帳《とばり》が降りるだろう。引き返し、板倉屋敷の辻番小屋の前に立った。内藤新宿からでも、市ケ谷谷町へはやはりこの辻番小屋の前を通ることになる。それに辻番小屋は屋敷周辺の見張りが任務だか

ら、冬場でも障子戸を四六時中開けておくのが決まりである。町家の自身番よりも警戒心は強く、さすがは武家地といえようか。いまはそれがかえって杢之助には好都合だった。

「なんでえ、どこの番太郎だ。なにか用か」

前に立つだけで声が中から出てきた。白足袋に下駄をはき、黒っぽい股引に同色の綿入れを着こみ、卑屈に前かがみになっている。一目で番太郎と分かる。この辻番小屋に詰めているのは、板倉屋敷の足軽や中間たちである。五人ほどいた。

「へえ、こいつに火をいただこうと思いまして」

ふところから提燈を取り出して伸ばした。

「ほう、左門町か。街道筋じゃねえか。どうしたい、入んねえ」

武家屋敷の者といっても足軽は武士扱いされず、中間は大掃除以外は縁側にも上がれない下働きである。辻番小屋で町家の番太郎を見れば、同業に近いものと見なしてくれる。

「おありがとうございます」

杢之助は腰を折って敷居をまたいだ。辻番小屋でもちょうど火鉢から行灯《あんどん》に火を取ろうとしていたところだった。

「辻番さんは大変でございますねえ。冬場でも障子戸を開け放しておいでなのですから」

「そうよ。おめえら町家とは違わあな」

　番人の一人が威張るように言い、まわりの者が頷いている。

「とくにいまは鼠とかが評判で、警戒も厳にしていらっしゃるんでしょうねえ。町家のほうにも奉行所からお達しが出ておりますよ」

　杢之助はしばらく辻番小屋に居座るつもりでいる。敷居に近いところへ立ち、目をときおり外に注いでいる。

「ほう、町家もかい。さすがは御下知物だぜ」

「まったく数年も前からやりたい放題とは太《ふて》え野郎だ。とっ捕まえて面を見てやりたいぜ」

　番人たちは話に乗ってきた。さすがに反応は町家とは異なる。それにしても、町家でも武家地でも共通の話題である。自然に居座る格好の材料を提供してくれているお鼠さんとやらに、このときばかりは感謝したい気持ちであった。

「犯人は町家の者かもしれませんからねえ。儂らも町内に挙動のおかしな者はいないかと、気をつけてるんですよ」

「頼むぜ。町奉行所の手の者がお縄にするか、火盗改か八州廻が捕まえるか。どっちにしろ早く捕まって欲しいぜ」

「そうともよ。俺たちもお屋敷から厳重に厳重にと、うるさくてしようがねえ」

辻番小屋に詰める者は、とくに厳しく言われているようだ。

「もっともで」

杢之助は相槌を打ち、

(おっ)

心中に声を上げた。杢之助の推測は間違っていなかった。小刻みな下駄の音に目を外に向けると、すでに外は薄暗くなっているが、間違いなくおモトである。顔を下に向け、風呂敷に包んだ箱のような物を提げている。すでに左門町でも見慣れた髪結の道具箱の大きさだ。谷町の町家に向かっている。杢之助は行灯の明かりのなかで障子戸の陰へ一歩退き、

「それじゃ気張ってくださいまし。町家でも用心しておりますから」

「おう、お互いにな」

杢之助は明かりの入った提燈を手に敷居を外にまたいだ。

「へえ」

番人の声を背に、杢之助は闇のしだいに濃くなる往還に歩み出した。もうおモトの姿は枝道に入ったのか見えなくなっていたが、行く先は分かっている。

点《つ》けたばかりの提燈の明かりを吹き消し、岩五郎の長屋に近づいた。

明かりが灯っている。言い争っている気配はない。

（なにを話してやがる）

思っても、障子戸に張りつくことはできない。まだ住人の出入りがあってもおかしくない時刻だ。路地の入り口の前を通りすぎ、途中で引き返しふたたび入り口を横目で見ながら板倉屋敷との境の往還に出た。振り返れば岩五郎の部屋の明かりが見える。近くに見張るためのいい場所がない。町を一巡してまた戻ってくるわけにもいかない。不測の事態にそなえ、明かりから目を離すことはできないのだ。入り口の前を行ったり来たりする以外にないようだ。住人に咎《とが》められれば、いまはお鼠さんが話題になっているときだ。岡っ引ではないが木戸の提燈を盾に逆に相手を尋問し、「不審な者を尾行し、ここまで来た」と言えばすむ。場合によっては嫌われ者の岩五郎を張るのに協力が得られるかもしれない。

「ん？」

明かりが消えた。

（いったい、おモトは）

一瞬複雑な思いになったが、それには及ばなかった。障子戸の開く音が聞こえたのだ。人影の出てくるのが見えた。杢之助は軒端の壁に張りついた。板倉屋敷と境の往還である、顔だけを長屋の入り口のある枝道に向けた。出てきたのは女のようだ。おモトである。つづけてもう一つ、男のようだ。岩五郎であろう。すでにあたりは夜の帳《とばり》で、影の動きだけをかろうじて見分けることができる。

（どうなっている）

二つの影はあたりをうかがうように境の往還のほうへ歩んでくる。杢之助の潜んでいるほうである。板壁へさらに背を張りつけ、耳を澄ませた。おモトの下駄の音にまじり、話し声も聞こえてくる。

「夜よりも昼間のほうがいいのじゃないのか」

「なにを素人《しろうと》っぽいことを言ってんだい。入るのは夜だろう。だったら夜のほうがいいに決まっているじゃないか」

二人とも用心したような低声《こごえ》だが、杢之助は聞き逃さない。耳に全神経を集中している。岩五郎の声におモトが応えている。杢之助はハッとした。盗賊は昼間のうちに侵入する先の下調べをし、さらに夜になってからまた歩き、昼と夜の環境の違いを調べ、それによって入る場所や逃走する方向を決めるのだ。いまの岩五郎とおモトの短い会話は、それにピタリと符合する。

（まさか。だがいったいどこへ）

思えてくる。

会話は途絶えた。どちらも提燈を持っていない。暗いなかを、二つの影は境の往還に出た。無言のまま曲がった。さいわい、李之助の潜《ひそ》む辻番小屋の方向とは逆であった。二人はそこに人が潜んでいることに気がつくことはなかった。

李之助は壁から背を離した。五間（およそ九米）ほどはあろうか、影の動きが視認できる範囲に間合いをとり、二つの影を尾《つ》けた。話が断片的に聞こえる。全神経をそこに集中した。

「おめえが、その気になってくれて、ありがたいぜ」

「約束はちゃんと守らなきゃ承知しないからね」

おモトが岩五郎に応えている。

白壁の角を曲がった。そこにも岩倉家の白壁がつづいている。

（岩倉屋敷に入ろうってのか。まさか——鼠）

一瞬、思いもする。

二人はさらに角を曲がった。そこは昼間でもおもての往還からは見えない、まったくの武家地の中の路地裏である。昼間でも人通りはなく、左右から黒々と迫るような樹々《きぎ》の茂みから、壁の向こうは裏庭で近くに建物のないことが推測される。乗り越えるならこのあたりであろう。二つの影は動きをとめた。夜でも白壁に人の影は目立つ。

杢之助は地に伏せ、壁から自分の姿を消した。二人が振り返っても気がつくことはあるまい。伏せた場所は角の近くであり、二人に引き返す気配があればすぐさま後退し、身を隠すことはできる。

おモトと岩五郎は岩倉屋敷の壁に向かい、なにやら低声を交わし合っている。その気配だけで内容までは聞こえない。おモトは岩五郎の半歩、左ななめうしろに立っている。

(あの間合い)

杢之助は緊張を覚えた。

その直後、一瞬であった。はっきりと聞こえた。

「許せぬ！」

髪結の道具箱が地面に落ちる音とともにおモトの影が岩五郎の影に飛びついた。

「うっ」

呻《うめ》きが伝わってきた。岩五郎である。

（刺した！）

杢之助は感じた。すでに上体を起こしている。

前方で一つになった影が離れた。

「ううっ、てめえっ」

岩五郎の影はよろめいているが倒れるようすはない。冬の着こみは厚く、刃《やいば》が深く入らなかったようだ。

「許せないんだよっ」

おモトの呻くような声である。再度その影は前面の影に飛びこもうとする。右手に間違いなく抜き身の匕首《あいくち》を握っている。昼間ならそこに血の付着しているのも見えようか。

よろめきながらも岩五郎の影は防御の態勢をとった。おモトの影が動く。

「しゃらくせえっ」

もつれ合った。地面に刃物の落ちる音がした。

岩五郎はおモトを突き放し身をかがめた。匕首を拾おうとしているようだ。

杢之助の足は地を蹴った。二人の影まであと数歩か岩五郎はすでに匕首を拾い、

「な、なんでえ！　てめえはっ」

身構えても足がよろめいている。深手ではないものの刺されたことがその態勢から分かる。近づきざま左足を軸に李之助の右足は高く上がり一閃《いっせん》した。肉塊を打つ音とともに、

「ウグッ」

岩五郎は呻き匕首を落とした。李之助の右足の甲が岩五郎の首筋を打ったのだ。すぐさまその躰《み》は一回転し、第二撃を加える態勢に入った。腰を落とし、岩五郎の出方を見ている。反撃はなさそうだ。岩五郎の躰は白壁にもたれ、崩れ落ちるのを免れているものの、態勢を立てなおす余力はすでに失ったようだ。壁に体重をあずけたまま脳震盪《のうしんとう》を起こしているのかもしれない。

ここを機と見たかおモトの動きは早かった。匕首を拾い取るなり、

「死ね！」

無防備となった岩五郎の躰に飛びこんだ。李之助にとめるいとまはなかった。

「うううっ」

岩五郎は再度呻いた。壁とおモトの躰に挟まれ、切っ先がしたたかに深く入ったようだ。

おモトの躰が岩五郎から離れた。匕首を抜いた。岩五郎は白壁にもたれかかったままズルズルと崩れ落ちた。冬の着ぶくれか血潮の飛翔することはなかった。

「これは！」

　杢之助の発した声におモトは、

「あっ、左門町の！」

　ようやく正気に返ったか不意に現れた人物が杢之助であることに気づき、驚愕したように足をすくませた。

「おモトさん、二回目だね。しかも今度は最初から殺す気で。こいつが岩五郎かい」

　言ったものの、杢之助にとっては思わぬ展開である。

　おモトは浴びせられた言葉に、

「えっ？」

　問い返しながらも、自分の以前をすでに知られていることを悟る余裕を得ていた。しかも岩五郎の名まで、杢之助は知っていたのである。

「い、いったい、木戸番さんは」

　一歩、あとずさった。暗くて表情はよく見えないが、恐怖に彩《いろど》られていることは声からも分かる。

「ともかくここを離れましょう。あんた、そのつもりでここにこやつを誘ったんじゃないのかね」

李之助は声を闇に這わせた。

死体を発見するのはさきほどの辻番たちになるだろう。場所が場所だけに、辻番たちが屋敷の侍《さむらい》が事件に関わっているかもしれぬと判断しても不思議はない。それなら死体は密かに始末され、事件はなかったことになる。あるいは辻番が岩五郎の顔を知っていて、町奉行所に届けたとしても町方では大名家への遠慮があり、詳しく調べることもなく行き倒れ扱いにするだろう。どうせホトケは遊び人なのだ。しかも腕は入墨まであるはずである。困る者はいない。それにまた、近くの武家屋敷で賭場を開帳しているところでもあればなおさらだ。博打《ばくち》のもつれから殺人があっても、町方は武家屋敷を手入れすることはできない。だからこうした場での殺しは、現場を押さえられない限り捕まることはないのだ。

おモトはコクリと頷いた。現場を押さえられているのだ。肯是《こうぜ》しないわけにはいかない。おモトには、岡っ引も木戸番も同類のものとして映っている。いま噂の鼠ではないが、すでに窮鼠《きゅうそ》の思いであろう。しかも十年前のことまで知られている。だが李之助はここを離れようと言う。おモトの脳裡は混乱した。

背を押され、杢之助に従って歩き出した。手に髪結の道具箱を持ち、匕首はすでに杢之助のふところに収まっている。歩は、白壁と白壁のさらに奥へと進んだ。板倉屋敷の白壁をすぎれば他家の下屋敷の壁となり、その先の辻番小屋を経ればもう一つの御先手組の組屋敷となり、そこを一、二度曲がればやがて街道に出る往還につながっていることを杢之助は知っている。

提燈の明かりはない。用心深くゆっくりと歩を進めている。

「木戸番さん！　いったい」

「はは、心配はいらねえ。さっきの殺しは他の町のこと。儂が心配なのは、左門町でなにかが起こることだけさ」

杢之助はことさらに落ち着いた口調をつくり、

「だから、聞かせてもらわなくちゃならねえ。おっと、十年前のことはいいぜ。おまえさんが左門町に出てきてからのことでいいや」

「………」

おモトは歩を進めながら、杢之助の横顔に視線を向けた。暗くて、輪郭しか見えない。ただその輪郭に、自分が思っていた木戸番とは異質のものを、おモトは感じはじめていた。

李之助はつづけた。

「さ、話してみなせえ。どういう経緯《いきさつ》があって、おまえさんが岩五郎づれのところなどへ行かなくちゃならなかったのかね」

「は、はい」

おモトは話しはじめた。

左門町に入ったのは、やはりあのときの子供を找《さが》すためだった。原点に戻れば、手掛かりが得られようかと思ったのだ。それが地元にいた。名も浩助となっていた。事情を知ろうと、峰市とおトキの夫婦に探りを入れた。廻り髪結である。口実は簡単につくれる。浩助が手習いへいっているときに、忍原横丁に向かった。

「そこで見たのです。あいつ、岩五郎を……峰市さんとおトキさん夫婦の家から出てくるのを。十年前、あたしが街道で殺《あや》めた亭主の手下だった男なのです。そのくせ手先が不器用で、役に立つ奴ではありませんでした」

おモトは岩五郎のあとを尾《つ》け、谷町に住まいし嫌われ者の遊び人であることを調べ上げた。

「心配になりました。あんな奴が出入りしているのが……。おトキさんの髪を結わせてもらいながら、探りを入れました。岩五郎はあの夫婦に難癖をつけていたのです。おトキさんのようすから分かりました。理由は聞かずとも分かります。浩助の出自のことで、岩五郎はあの夫婦を強請《ゆす》ろうとしていたのです。ですが峰市さんもおトキさんも逆に開き直り、何度か岩五郎を追い返したようです。嬉しかったですよ」

「ふむ。なるほど」

杢之助は頷いた。浩助は、町ぐるみで護られているのだ。それの出自を種《ねた》に強請ろうとしても、一蹴されるだけだろう。

「でも、あたしは恐れました。浩助がそれを知っては……と」

白壁のつづく前方に、辻番小屋の明かりが見えてきた。

杢之助は足を速め、

「左門町の木戸番でございます。所用で出かけ、誤って火を消してしまい」

すぐ提燈に火は入れられた。

そのあいだにおモトは辻番小屋の前を通りすぎていた。提燈の明かりのなかに、二つの影はふたたびならんだ。おモトはすべてを話す気になっている。そうせざるを得ないことを悟っているのだ。

「そりゃあ、あたしは掏摸の女房で」

おモトは明かりを受けるなかに話をしはじめた。

自分自身が掏摸であった。

「捨て子で、拾われたところが掏摸の胴元とあっては、仕方ありませんよ」

捨て鉢に言う。腕はよかった。亭主が捕まってもおモトが上げられることはなかった。相手に掏《す》られたことさえ気づかせないのだから、捕まりようがない。だが浩助が生まれると、

「行く末を思わずにはいられなくなりましてね。ご存知かと思いますが、掏摸は三回までは入墨と敲《たた》き放しだけですけど、四回目には死罪になるのですよ」

おモトが亭主に言ったのは、浩助が三歳になったときだという。それに、街道でおモトが刺した男の腕に、三本目の入墨が入ったときでもあった。

『おまえさん、こんど捕まったら死罪だよ。この子のためにも、堅気《かたぎ》になろうよ。あたし、水茶屋でもどこでも働く。おまえさんも、日傭取《ひようとり》だっていいじゃないか。ねえ、お願いだよ』

だが、亭主は言った。

『なに言ってやがる。こんな楽して稼げる商売があるかい。これからはおめえが稼ぐんだ。嫌だと言うんなら、俺がおめえを密告《さ》してやるぜ。そうなりゃあガキの将来は

どうなる』

おモトが稼ぐ日々はつづいた。その間にもおモトは何度も亭主に頼んだ。そのたびにおモトは殴られ、横で子供は泣きつづけた。

「それで意を決しなすったんだね」

「はい。必死でした」

街道に出るには、まだ距離がある。しかも二人は、時のすぎるのを惜しむようにゆっくりと歩いている。

「えっ、岩五郎ですか。ある程度仕込み、いよいよ本番というときになると手足を震わせ、なんの役にも立ちませんでしたよ。あんなの恐くはありませんが、ただ、あいつの口からあたしの素性の洩れるのが恐く、それがあの子にまで……」

子供を置き去りにしたときの光景を思い出したのか、おモトは何度も声を詰まらせた。話はそのほうに移った。

「小田原に入ってから、女髪結の師匠に拾われ、住みこみの女中に入れてもらいました。嬉しかったですよ。手先が器用だと、掏摸以外のことで褒《ほ》められ……」

また声を詰まらせる。手の指の使い方をまったく別方向に変えてからも、

「髪結道具を持って町を歩いているとき、疼《うず》くんですよ、指が……。剃刀《かみそり》で、何度切

り落とそうと思ったか知れません。でもね、そのたびに子供のことを考えました。十年間、毎日です」

「それで江戸に舞い戻ってきたら」

「はい。涙が出ました、嬉しくて、ありがたくて。堅気の飾り職人さんに育てられていたなんて」

おモトは泣き声になった。

「さすがは、あたしの子だと……手先を、生かし……」

「それで……どうしなさるね」

李之助は冷たい口調を返した。

(浩助の将来を……)

である。

(誰が身を引くべきか、自分で考えろ)

おモトはその意を解したようだ。毅然とした口調になっていた。

「だからですよ。だから許せなかったのです」

「ふむ」

李之助は頷いた。腹の底からの、李之助の頷きであった。町ぐるみで護っていたものへ、岩五郎は強請をかけてきたのである。

おモトは乾いた声で返した。もう泣き声ではなかった。

「行ったのです、谷町へ」

それが、松次郎が御先手組の組屋敷でふいごを踏みながら見かけ、竹五郎があとを尾けた日だったようだ。まさしく事態が急激に動きはじめた瞬間だったことになる。

『おふざけでないよ！』

九尺二間の部屋の三和土に立ち、おモトは岩五郎の顔をにらみつけるなり言った。

そのあと竹五郎は長屋の腰高障子の前を離れた。

不意のことに、岩五郎は仰天した。深川を逃れ谷町にもぐりこんでから掏摸稼業も廃業し、強請タカリの日々を送って十年、偶然浩助を見つけ、金になると強請をかけはじめたところへ、母親のおモトが姿を現したのである。

『お、お、おめえさんは』

最初はとまどったものの、おモトが廻り髪結になり子供を找《さが》すため江戸へ舞い戻ったことを知ると、さすがは悪《わる》か、すぐに一計を思いついた。峰市、おトキ夫婦への強請も頓挫しようとしていたときである。

『おモトさん。場合によっちゃあのガキ、浩助と名は変わっているようだが、知らなかったことにしてやろうじゃないか。もっとも、おめえさん次第だがね』

岩五郎は持ちかけた。

『この先のお大名家で、岩倉屋敷の中間に何人か博打仲間がいる。おめえさんを廻り髪結として裏の勝手口から屋敷内に入れるのは簡単だ。そこでお女中衆にも喰いこんで、座敷のほうに上がってくれねえか。中のようすが知りたいのよ。中間じゃ座敷に上がれねえからな』

『座敷に上がってどうするのだい』

おモトは興味を示した。大名家の腰元衆の髪が結えるかもしれない。そのようなことよりも、岩五郎は峰市、おトキ夫婦から手を引いてもよいと言っているのだ。

『おめえさんも知っていなさるだろう、鼠野郎さ。おめえが岩倉屋敷のお座敷のようすを調べ、俺が忍びこんでちょいとお宝をいただく。なあに、鼠の仕業《しわざ》ってことになら あ』

おモトはとっさに解した。一度やれば、もうそれだけではすまなくなる。決意するのと同時だった。

——浩助を護るには、岩五郎に消えてもらうしかないおモトは返した。

『あんたじゃ頼りないよ。その前に、忍びこめそうな場所を知っておきたいねえ。それによってあたしも動こうじゃないか』

『さすがは元親方のおかみさんだ。飲みこみが早く、心強いぜ』

『だったらさっそくあした、案内してもらいたいねえ』

『おう、こいつは気が早い。よございましょう』

こうしてきょうの夕刻となったのである。

「それをなぜ木戸番さんが」

「はは。木戸番は、町のことはなんでも知らねばならねえ……とだけ答えておきやしょう。お互い詮索は抜きにして、これからのことだけを考えようじゃありやせんか」

「木戸番さん……」

おモトはふたたび杢之助の横顔に視線を向けた。こんどは提燈の明かりがある。輪郭だけではなく、表情も見えた。杢之助はただ前方を見据えている。

――ただのお人じゃない
さすがは元手練《てだれ》の掏摸でそれを断ち切った女である。感じるものはある。だが、不

安は感じなかった。むしろ、

——頼りになりそうな
二人の歩は、麦ヤ横丁の通りに入っていた。

杢之助は提燈を振った。

「ほれ、あの路地の奥ですぜ。浩助の通っている手習い処は」

瞬時、おモトの足はとまった。が、すぐに動き出し、言った。

「ありがたいことです。なにもかも」

街道が見えた。人通りはない。清次の居酒屋からも明かりは消えている。だが杢之助は知っている。閉めた板戸のすき間から、左門町の提燈が帰って来るのを中で待っているのだ。


すり切れ畳の上に、清次と杢之助は向かい合っていた。おモトが木戸番小屋の前から杢之助の提燈を持ち、一人で塒に帰ったあとである。

「清次よ、殺《や》ってしまったよ。儂じゃない。おモトさんがなあ」

「そうですかい」

清次は杢之助の湯呑みに熱い酒《の》を注ぎながら応じた。

「これで板倉屋敷がホトケをうまく処理してくれれば」

「まだ、一件落着とはいかねえだろうなあ」

「えっ？」

「外からの火の粉は振り払ったものの、これからさ。闘いが始まるのは」

「おモトさん自身の……ですね」

清次は解した。一度とめた手をまた動かし、自分の湯呑みにも湯気のまだ立っているのを注いだ。

そろそろ、木戸を閉める時分になっていた。

八

「行ってくらあよ」

松次郎の声に杢之助は、

「きょうはどのあたりに」

急いで下駄をつっかけた。

「谷町の向こうさ。あのあたり、しばらく行っていなかったからけっこう商いがあってよ。なあ、兄弟《きょうでぇ》」

松次郎は応え、振り返った。

「あ、」

竹五郎もいい商いをしているようだ。背中の道具箱にカチャリと音を立てた。

そのあとだった。

「木戸番さん」

朝日を受けて木戸番小屋の腰高障子に影を映したのはおモトだった。手習い処の始まる時刻にはまだいくぶんの時間がある。

「これ、ありがとうございました」

昨夜の提燈を返しにきたのだ。そのまま仕事に出るらしく、髪結の道具箱を手にしている。

「入りねえ」

杢之助は言ったが、

「いえ、ここで」

顔がやつれて見える。昨夜おモトが眠れなかったのは、これからの身の処し方を考えてのことであることを、杢之助は解している。

「そうかい。この時刻、ここで引きとめるわけにはいかねえからなあ。儂もつき合おうかい」

「はい」

　おモトは応じた。

　ここ数日、ときおり風が吹いてほこりを舞い上げるものの、晴れた日がつづいている。街道を行く荷馬が、早くも低く土ぼこりを上げている。

　おとといと違い、きょうは杢之助とおモトは、一つの縁台に腰かけた。さっき、志乃が盆に湯吞みを二つ載せて運んできたばかりである。

　おモトは無言で街道を見つめている。その心ノ臓が高鳴っているのを、杢之助は感じ取っていた。何かを言いたそうで……言えない。そんな風情というよりも、勇気が出ない……そのような感じである。

「あっ、おじちゃん。きょうもこっちだ」

　太一の声だ。麦ヤ横丁よりも縁台のほうに駈けてきた。すぐあとをおミネが紅い襷《たすき》を手に追いかけている。

「あ、ちょっと失礼」

　おモトが立ち上がった。

「その髪」

「えっ」

おミネは立ちどまった。

「結わせてもらいたかったのですけどねえ」

「え、、きょうでもあしたでも」

おモトはそれには答えず、風呂敷包みを開け、道具箱から紅い紐《ひも》を取り出した。おミネの襷とおなじ色である。太一が箱の中を珍しそうにのぞきこんでいる。おモトはおミネの背にまわって髪に櫛を入れ、

「とりあえずこれで」

洗い髪をうしろで束ねて結んだ。

杢之助は、さっきからおモトの胸中を駈け巡っているものを感じ取っていた。

「あらあ」

志乃が暖簾から顔を出した。

「似合う。たったそれだけでこんなに変わるとは」

髷《まげ》というほどではなく、いわゆる最も簡易な馬の尻尾に結んだのだ。だが、おモトが結ぶと、うなじのあたりの髪がふっくらとふくらみ、前から見れば顔の白さと首の

細さがいっそう際立つ。

「ほう」

李之助も目を細くした。

「あらあらあら」

みんなの反応におミネは娘のような恥じらいを見せた。

「いっちゃーん」

手習い道具を手に街道を駈けて来たのは浩助だった。

「あ、浩ちゃん。また刀つくってよ」

「うん、いいよ。それよりも手習い、手習い」

縁台の前で太一の背を麦ヤ横丁のほうに押した。

「あ、ちょっと待って」

おモトが浩助の前髪の乱れを手で撫でてなおし、後頭部の元結を締めなおした。浩助は怪訝な表情でおモトの顔を見ている。

「このおばさんはな、髪結さんなんだよ」

「えっ、そうだったの」

李之助が言ったのへ浩助は納得したような表情になり、

「ありがとう、おばさん。さあいっちゃん、行こう」

太一の手を引っ張り、街道に飛び出して行った。足元に土ぼこりが舞い上がる。大八車の前を駈けた。

「あ、気をつけて！」

おミネではなく、おモトの声だった。一歩前に踏み出していた。

「うん」

浩助は振り返り、おモトに手を振った。浩助と太一の大小のうしろ姿が麦ヤ横丁に駈けこんでいった。志乃が気を利かしたように、

「さあ、交代よ」

おミネの袖を暖簾の中へそっと引いた。ふたたび往還の縁台は、杢之助とおモトの二人になった。

「座りねえ」

おモトに、杢之助は縁台を手で示した。おモトは応じた。

「おまえさん。さっきおミネさんに、結わせてもらいたかった……と言いなすった。決心……しなさったのか」

「は、はい」

緊張した声をおモトは返した。おモトがおミネに言った言葉には、おミネは気がついていないものの、もうその機会のないことが示されていたのだ。

「そんなに早く立ちなさるか」

「はい。けさがた、大家さんに話しました。きょう午前は、短いあいだでしたがごひいき下さった方々へ挨拶まわりをし、午後には……立ちます」

最後の言葉は、言おう言おうとしながら言えず、ようやく口に出したという感じであった。

「うっ」

杢之助はちょうど湯呑みを口にあてたところだった。お茶がこぼれ、しずくが膝に落ちた。

「小田原に戻りなさるか」

つぎには淡々と返したものの、内心の驚愕は隠し切れなかった。しばしの沈黙がながれた。

「もうすぐ……初午《はつうま》ですから」

緊張の空間を、おモトは埋めた。

「だから、せめてその日まで。浩助が飾り職人の道に入るのをその双眸《め》で見届けてやってからでも……と思ったのだが」

「だからなんです。見れば、せっかくの決心が揺らぐかもしれません。浩助にはよくありません」

「えらいねえ、あんたは」

杢之助の心底からの思いであった。

「えらくなんかありませんよ。馬鹿なんですよ、あたしは。あの子は、生まれたときから浩助という名で、峰市さんとおトキさんの子なんですから」

おモトの視線は、さっきから麦ヤ横丁の入り口に向けられたままであった。杢之助は昨夜のおモトのように、そっとその横顔に視線を向けた。

おモトは麦ヤ横丁から目をはずし、街道のながれを追いながら杢之助の視線に言葉で応じた。

「馬鹿ですよねえ、あたしって。なにを思い違いしたか、小田原から江戸などに出てきたりして。それよりも木戸番さん、訊いてもよござんすか」

「なにをだね」

「昨夜も木戸番さんは、いまとおなじ下駄でした」

（うっ）

李之助は手にしていた湯呑みから、またお茶をこぼしそうになった。気づかれていたのだ。李之助が歩くとき、下駄の音を立てない。身についた習性で直しようがないのだ。わざと音を立てようとするとぎこちない歩き方になって、かえって人目を引く。走ったときでさえ、歯音を響かすことはない。見る者が見れば、

――いかなる修練を積んだ

と、詮索するかもしれない。だが町の者で、そこに気づいている者はいない。源造でさえ、気づいていないのである。

「いつ、気づきなすった」

「いえね。ただ、あたしがむかし知っていた馬鹿な、いえ、変わった女のご同業、だったのでは……と」

「おモトさん」

こんどは李之助のほうが思い切ったように、おモトへ視線を投げた。

「あんたは、どこから見ても髪結さんでござんすよ。だから儂も、どこから見ても番太郎の……つもりなんですがねえ」

その言葉におモトは、上体を曲げ李之助を凝視し、

「そうですよね。出すぎたことを言ってしまいました」

わずかに頭を下げ、

「それではあたし、午前は内藤新宿のほうへ」

髪結の道具箱を手に立ち上がった。

「この町にあなたのような木戸番さんが住んでらっしゃる。なんだかあたし、安心したような気分ですよ」

あらためて杢之助の皺《しわ》を刻んだ顔を見つめ、大木戸のほうへ下駄の先を向けた。

杢之助は立ち、髪結の道具箱を提げたその背を、

「…………」

見送った。

ハッとした。背後に、清次が暖簾から顔を出していたのだ。

「聞いていたのか」

「へえ。顔は見せませんでしたが」

言いながら街道に出てきた。

「恐ろしい女だ」

「そのようで。さすがは……ですよ。ともかく、相手がおモトさんでよござんした」

「そういうことになろうかなあ」

傍目《はため》には、朝から街道の軒下で居酒屋のあるじと木戸番が世間話をしている風情に見えようか。二人とも低声で、道行く者には聞こえない。

「それにしても、おモトさん。浩助の身を護るために出てきたようなもんですねえ」

「やはり親子だぜ。おっと、これを言っちゃいけねえ」

「ですが、母親だから即座の決断ができ、即行動にも移せたんじゃねえでしょうか」

清次も大木戸のほうに視線を向けた。おモトは振り返りもせず、スタスタと歩いている。

「まったく、女って強い生き物なんだなあ」

「えっ、女がどうかしましたか」

おミネが暖簾から顔を出した。ふっくらとした馬の尻尾の髪を杢之助に見せるように、サラリと肩から前に落とした。

旅姿のおモトが左門町の木戸を出たのは、もうそろそろ八ツ（およそ午後二時）の鐘が市ケ谷八幡から響いてこようかという時分だった。手習い処では手習い子たちがいまや遅しとその鐘を待っていることだろう。

通りからは一膳飯屋の小太りのおかみさんが、

ていた。

「どうしてまた突然に」

わけが分からぬといった表情でついてきた。長屋での別れはもうすませたのであろう。木戸には杢之助におミネと志乃が出てきている。清次は暖簾から顔だけのぞかせていた。

おモトは無言のまま杢之助に深々と頭を下げた。

「お達者で」

杢之助は故意に軽く言い、

「あれを」

と、おミネをうながした。

「そうそう。太一が昼ごはんを食べに帰ってきたとき、髪結のおばちゃんにも太一くらいの子がいて、おみやげにどうだいって話すと、いいって言うもんだから」

おミネが手のひらに示したのは、浩助が打った鉄片の刀だった。清次がおミネに話したのだ。おミネにすれば、それの意味するところがよく分からないのだが……。

「こ、これをあたしに！」

絶句するおモトに杢之助は、

「ほれ。けさ浩助が言ってたろう。太一にはもう一本つくってやるって」

おミネから渡された三寸（およそ九センチ）ほどの刀の形をした光った鉄片《もの》を、おモトは見つめた。

「えっ、こんなのがおみやげ？　それにおモトさん、子供がいたの。どこにさ」

一膳飯屋のかみさんはますます分からないといった表情でおモトを見つめた。おモトはなおも鉄片を見つめ、握り締めた。

「さ、おモトさん」

志乃がうながした。

おモトは麦ヤ横丁に視線をチラとながしてから歩みだした。四ツ谷大木戸とは逆の方向である。東海道に出るためだ。

振り返った。また一礼した。そのうしろ姿は遠ざかった。

「まったく前の絵描きさんも突然引っ越して、こんどの髪結さんもそうなんだから、いったいどうなってるんだい。みんな名残り惜しいよう」

言いながら一膳飯屋のおかみさんは引き上げ、おミネも志乃も暖簾の中に戻った。

八ツの鐘が聞こえたのは、杢之助が木戸番小屋に戻ってからすぐだった。それを待たずに、おモトは左門町を離れたのである。

「聞こえてきやしたね」

清次が音を立てて腰高障子を引き開けた。

「志乃が言っていましたよ。子を持ったことはないが、おモトさんが断腸の思いなのは分かるって。それが浩助の行く末を思ってのことだから、なおさらだろうって」

「そんなの、儂にだって分からあ。それよりもあの女、感づきおったからなあ。あんなのにこの町へ住み着かれたんじゃ、隠密同心よりも恐ろしいぜ」

「もっともで」

清次が返したときだった。

「ねえねえ。あれれ、清次さんまた来てたの。それはいいけど、あたしゃやっぱり分からないよ。どうしておモトさん急に。それにあんなおもちゃみたいなのを喜んでさあ。ほんとに子供いるの？」

一膳飯屋のおかみさんがまた顔を出した。

「ま、人それぞれってとこじゃないかね」

「そりゃあそうだけど」

「おじちゃーん」

太一が走って帰ってきた。浩助が一緒だ。手習い道具をすり切れ畳におくなりまた駈け出していった。

「あの子も、もうすぐ一人前になるんだねえ」

一膳飯屋のおかみさんは浩助の背を見ながら言うなり杢之助に向かい、

「それよりもお鼠さんのこと、その後なにか聞いていないかい」

「私はこれで」

清次は逃げるようにおもての店に帰った。

「あ、こんど源造さんが来たら訊いておいてやるよ」

「ほんとうだよ」

「ほんとうだとも」

実際に杢之助は源造が来るのを待っている。谷町の始末が分かるからである。

「それよりも、おモトさん。もう四ツ谷の界隈を離れたかなあ」

杢之助は言い、

（似てやがる。この儂によう）

その思いを表情に見せることはなかった。

いわくありげな女

一

空が明けかけている。

「ありがたいぜ。この分じゃきょうも一日、お天道《てんとう》さまが見ていてくれそうだ」

釣瓶《つるべ》で井戸水を汲み上げてから天を仰いだ松次郎に、

「だったら早くしろい」

桶を持ってならんでいる左官職が急《せ》かす。おミネの隣部屋の住人である。

「うるせえ。まずは朝の気をからだに入れてからだい」

松次郎が言い返し深呼吸をしてから顔を洗う水音を立てれば、うしろではおミネが七厘《しちりん》に向かって激しく団扇《うちわ》に音を立てている。

「その火種、あとでちょいとおくれな。わるいねえ」

さらに隣の女房が顔を出すと竹五郎も、

「あしたはあんたに頼むぜ」

七厘を持って路地に出てくる。おもてでは杢之助が木戸を開けたばかりで、納豆売りが触売《ふれうり》の声とともに入ってきた。

松次郎と竹五郎はきのう夕刻、おモトが左門町を出たことを杢之助から聞かされると顔を見合わせ、一膳飯屋のおかみさんとおなじような表情をつくったものの、

「やっぱりつながりがあったのかい。両方同時に消えちまうなんてよ」

「なんだか、もやもやが去ったような気もするけど」

一枚嚙んでいたせいか、分かったような顔もして通りのほうへ目をやった。市ケ谷町ではすぐに岩五郎の身元が割れ、町方がその長屋にも出張《でば》ったそうな。板倉屋敷が奉行所に通報し、

――迷惑
と一言つけ加え、奉行所でもそれに合わせた処理したようだ。

「岡っ引が言ってたけどさあ、どうやら博打《ばくち》のもつれの末らしいよ。馬鹿な死に方だねえ、あの男にはそれが似合ってるけど」

きのうの夕刻近く、二人が谷町をとおったとき長屋の住人が言っていたらしい。

そのような一日を終えても朝を迎えれば、もういずれの長屋の路地も新しい一日が始まっている。すでに谷町の事件より二日目で、きのう左門町を出たおモトももう江戸の地を離れていることだろう。小田原に入るのはあしたあたりになろうか。

「太一、起きてるかい」

「うーん」

顔を洗い終わった松次郎の声に、部屋からはまだ眠そうな声が返ってきた。

松次郎が言ったように、この日も陽の光が雲にかげることはなかった。

源造が左門町に来たのは、その太陽が西に大きくかたむいたころだった。めずらしく榊原真吾《さかきばらしんご》が来てすり切れ畳に腰を下ろしていた。麦ヤ横丁の手習い処の師匠だ。清次の居酒屋に惣菜《そうざい》を分けてもらいに来て、世間話がてらちょいと木戸番小屋にも顔を出したようだ。

「浩助は器用な子で、戸の蝶番《ちょうつがい》が壊れたりするとすぐ直してくれたりしてのう」

などと話す。あと数日で巣立ちというので話題にしたのだろう。

「おう、バンモク」

源造は荒々しく腰高障子を引き開けた。岡っ引の源造が番太郎の杢之助をそう呼ぶのは、機嫌の悪いときか縄張《なわばり》の四ツ谷に事件が起きて張り切っているときかのどちらかだ。だが、きょうはそのどちらともつかない顔つきだった。いつもなら自分の家のように敷居をまたぐなり、すり切れ畳にドンと腰を据えるのだが、先客に浪人とはいえ武士がいたのでは遠慮もあろうか。

「あっ、これは榊原の旦那」

三和土《たたき》に立つと足をとめた。源造のそうした仕草は、相手が武士というだけではない。この界隈の街道筋で与太が騒いだり商店でやくざ者や不逞浪人が難癖をつけ暴れそうになったりすると、町の者がすぐ手習い処に走る。

『おうっ』

と、榊原真吾が普段は丸腰だがこのときばかりは刀を手に飛び出し、騒ぎはすぐに収まるのである。いわば町の用心棒で町衆も頼りにしており、刀を手に飛び出すのが手習いの最中であったりすると手習い子たちは大喜びで、真吾のあとからドッと駈け出し手を叩きながら与太退治を見物したりする。それを源造は知っている。騒ぎが収まってから駈けつけ、

『へへへ、いつも町がお世話になっておりやす』

と、バツが悪そうに辞を低くすることもある。

だがきょうは、

「へへ」

愛想笑いはしたものの、

「榊原さまは、いつもお暇《ひま》なようでございますねえ」

つい皮肉を言ってしまった。真吾はそれを解した。

「ほう、御下知物《おげじもの》に町方も大わらわかのう」

真吾は播州姫路藩酒井家の浪人である。いま大名家ではいずれも非番の者も動員し警戒を厳にしているはずだ。その範疇《はんちゅう》に浪人の真吾は入っていないのである。

「お鼠さんがまたどこかでチューと鳴いたのかね」

杢之助が間合いを埋めた。その場をとりつくろう意味もあったが、それよりも杢之助には板倉屋敷の一件を詳しく知りたい思いがある。もちろん市ケ谷は源造の縄張ではなく、谷町に出張ったのは他の岡っ引である。だがそこは縄張が隣接し、当然詳しい経緯《いきさつ》は源造も耳にしているはずだ。

「なに言ってやがる」

源造は三和土に立ったまま杢之助に返し、

「どこのお屋敷も警戒を強めていらあ。鼠など一匹だって入《へえ》れるもんか。ねえ、旦那」

「ははは、それはどうかな」

真吾が笑って応じたのへ、

「どういう意味ですかい」

源造はムッとしたように返した。

真吾は応えた。

「その鼠とやらに、入る気さえあればいくらでも入れようよ。大名家がどんなに警戒を厳にしても防ぐことはできないさ。捕まえるとすれば、おそらくおまえたち町方の者じゃないかな」

「えっ、どういうことで？」

源造の表情は真剣になっていた。

「話してもいいが、町方の者の参考にはならんぞ。それにきょうはまだ書き物が残っておる。明るいうちに済まさねば行灯《あんどん》の油がもったいないでのう」

真吾はまた笑いながら腰を上げ、

「じゃまをした」

敷居をまたぐと外から腰高障子を閉めた。影が障子戸から遠のく。

「榊原さまはああ見えても、けっこうお忙しいのさ」

「だがなんでえ、ありゃあ。俺はおちょくられているのか、それとも励まされたのか分からねえじゃねえか」

源造は榊原真吾の影が遠ざかった障子戸を睨《にら》んだ。

おモトが気づいた杢之助の下駄の歩みに、この界隈で以前から勘づいている者が一人だけいる。真吾だ。だがその背景をなんら詮索しようとしない。そればかりか、

『人それぞれに生き方は異なるでのう』

と、その一方で杢之助が町の平穏を求め闇《やみ》に走るとき、剣技が必要となれば一緒に走ったこともすでに何度かあるのだ。もちろん源造がそれを知る由《よし》もない。

「儂《わし》にも分からねえ」

杢之助は源造に返し、

「それよりも源造さん。あんた、なにか言いたいことがあってここへ来たんじゃないのかね。そんな顔をしてるよ。愚痴なら聞きたかないがな」

「それよ。愚痴なんかじゃねえぞ」

言いながら真吾の座っていたところに腰を落とし、さらに周囲の小間物を押しのけて片方の足を膝に乗せた。

「鼠のほかに何かあったのかい」

　李之助は期待を持った。当たっていた。

「おめえ。谷町の一件、もう耳にしてんだろう」

「あゝ、ケチな遊び人が一人死んでたんだって？」

「おめえ、それを誰に聞いた」

「誰にって、この町から棒手振に出ている者は多いぜ。すぐにでも伝わってくらあ。博打のもつれで刺されたとか聞いたが」

「また松や竹か。だが、やつらの知らねえこともあらあ。あの一件にはよう」

　それを源造は言いたかったようだ。やはり愚痴かもしれない。

「なんだね、それは」

　李之助はうながした。外はまだ明るい。清次は夕刻の書き入れ時にそなえ惣菜の仕込みに入っているころだ。

「松や竹がどこまで聞きこんだか知らねえが、あの与太野郎の死んでいた場所がおもしれえような、おもしろくねえような」

「ほう、どこだい」

　李之助はとぼけた。

「武家地さ。それも板倉屋敷の壁に寄りかかっていたそうな」

「ということは」

「そうよ。奉行所に板倉屋敷から通知があって、八丁堀じゃスワ鼠かと色めき立ったと思いねえ。俺もさっそく呼ばれてよ、走ったわさ」

「その板倉屋敷にか」

「近くまでだ。谷町の入り口みてえになっている辻番小屋の前で通せん坊よ。落着《らくちやく》したから、もう帰れだ。きのう夕方のことさ」

「どういうことだい」

「面はすぐに割れた。斬られたんじゃねえ、刺し疵《きず》だ。だから犯人は侍じゃねえ、町家者だってことになり、奉行所は死体だけ引き取らされて終りよ。それでも向こうの同業が、死んだ野郎の周辺を洗ったら、年中ピーピーいってた野郎で、鼠とはほど遠い奴だったらしい。板倉屋敷も事を大きくして瓦版にみょうなことを書かれたくねえってことだろうが、死んだ野郎は入墨者《いれずみもの》だったらしく、それにあの武家地のどこかに賭場を開帳している屋敷があるらしい。ということはだ」

「ふむ」

いつになく杢之助が話に乗ってきたので源造は気をよくしたのか、さっきまで動いていなかった濃い眉毛を上下させ、

「そこを突いていきゃあ、なにか鼠の手掛かりが得られるかもしれねえによ。ところが板倉屋敷じゃ上から下まで、辻番小屋も含めてだ。なにを訊いてもただ関係なしの一点張りさ。同心の旦那方も怒っていなさってたぜ」

屋敷は事件と関わりになるのを嫌い、使用人に緘口令《かんこうれい》を敷いたようだ。

「早く捕まえたいんなら、協力しろってんだ。なにが御下知物で三方総掛かりだ。ホトケを始末して終りたあ。これが俺の縄張内《しまうち》なら近辺を張って賭場を割り出し、そのあたりから糸をたぐっていくによ。ま、向こうの同業はそこまでやる気はなさそうだったからなあ」

源造はひと息ついた。

事態はおモトが狙ったとおりに進んだようだ。だが、杢之助には内心ドキリとするものがあった。武家地でもおモトの刺したのが四ツ谷界隈だったなら、源造は岩五郎の以前にも興味を持ち、探索のなかで十年前の一件にたどりついたかもしれない。

「まったく腹立たしいがなあ、収穫はあったさ」

源造はつづけた。

「どんな」

杢之助は源造を注視した。障子戸の外に人影が動いた。

(おっと、まずい)

一瞬思う。

「帰《けえ》ったぜ」

障子戸の音とともに声を入れたのは松次郎である。竹五郎はまだ外で背から道具箱を降ろしているようだ。

「おっ、いやがった、じゃねえ。来てなすったのかい」

敷居に入れかけた足をとめ、

「きょうはいつもより遅くなっちまった。暗くならねえうちに湯に行ってくらあ」

言いながら身を引き、竹五郎も松次郎の背後から丸い顔を見せ、

「おっ」

小さな声を出し、きびすを返した。

「待ちねえ」

「おっと源造さん」

腰を浮かせた源造を杢之助は呼びとめた。

「なんでえ」

振り返ったすきに松次郎は外からピシャリと障子戸を閉めた。二人の口からおモト

の名が出て、源造に新たな興味を持たせてはならない。松次郎や竹五郎にしても、源造が自分たちとおなじ町家者でも、岡っ引となればお上の手先という思いがある。

「まったく、あいつら。俺の下《した》っ引《ぴき》になりゃあいい思いをさせてやんのになあ。で、なんでえ」

源造は腰を据えなおした。

「さっき言ってた収穫って？」

「あ、あれかい。きょうのことだ。板倉屋敷のだんまりにゃお奉行さまも怒ったんだろうなあ。お城の大目付や目付に掛け合って、町方が武家地に入って探りを入れるのは勝手次第ということになってな。あったりめえよ。三方総掛かりだっていうに、町方だけが蚊帳《かや》の外じゃ収まらねえものなあ」

「ほう。お大名家でも勝手御免かい」

「いや。屋敷の中には入れねえ」

「だろうな」

「だがよ、これでますます本腰が入れられらあ。武家地にも遠慮なく入って、小者も変装させて総動員よ。そのつもりでいろって、きょう手札を下さっている同心の旦那に尻を叩かれたってわけよ。町々の木戸番たちにもそう言っておけってな。なあバンモク、頼むぜ。鼠は町家に潜んでるに決まってっからよ。こうなりゃあ隠密さんもお仲間よ。火盗改や八州廻に負けてたまるかい。ま、それだけだ」

ふたたび腰を上げ、

「ちょいとおもてにも顔を出してくらあ」

敷居をまたいだ。またタダ飯にタダ酒を喰らっていくつもりだろう。

「ちゃんと閉めていけよ」

杢之助も腰を上げた。

夜、やはり清次は来た。

「源造さんの張り切りよう、とんだ藪蛇になっちまったようだぜ」

「へえ。そのようで」

清次は頷いた。源造から話を聞いたようだ。

「それにしても、お鼠さんとか、小気味のいい野郎でございますねえ」

「そうよ。どんな顔か、拝んでみたいぜ」

杢之助はいまいましそうに湯呑みを口に運び、

「お鼠さんまで、身に降りかかる火の粉みてえになろうとは」

言う杢之助に清次は、

「直接関わっているわけじゃござんせんし、できるだけ自然のままに」

手酌の湯呑みを煽《あお》った。

「それが大事《でえじ》かもしれねえ」

杢之助は湯呑みを清次の持ってきた盆の上に置き、

「さあ、そろそろ火の用心にまわらなくっちゃ」

提燈に火を取り、拍子木をふところに入れた。

二

気分のせいか、数日しか経ていないのに初午をすぎると急に陽射しがやわらかく感じられる。浩助をはじめ新たな生活に入った者は多かろうが、杢之助はますます神経を研ぎ澄まさねばならなかった。

(お鼠か……まったく、はた迷惑な野郎だ)

思わずにはいられない。

「自然に、自然のままに」

清次の言う回数が多くなっている。

感覚のうえでやわらいでいた陽射しが実際にやわらぎ、

「外でふいごを踏むときよ、半纏《はんてん》引っかけてたら汗ばんでくらあ」

などと松次郎らが言いはじめたころ、

「ほらご覧なせえ。お天道さまが昇ってまた落ちるのに合わせてさえおれば、平穏に一日一日がすぎていってくれるもんでさあ」

清次は言ったものである。ここのところ瓦版が舞ったという話も聞かなければ、町内で隠密同心らしき者を見かけることもない。

だが、月が弥生《やよい》（三月）と変わってから数日後、変化はあった。もたらしたのは源造でもなければ松次郎や竹五郎でもない。

「ねえ、杢さん。焼き芋もそろそろだねえ」

と、木戸番小屋をのぞいた一膳飯屋のおかみさんが、さりげなく言ったのだ。ということは、町内の話ということになる。

飲食稼業の者が昼の仕込みに入るすこし前だった。

「ほれ、うちと印判屋のあいだの細い路地を入ったところに空家が一軒あったろう。そこにけさから人の出入りがあったよ」

などと話す。大した空家ではない。せいぜい二間に台所くらいのこじんまりとした平屋の一軒家だ。印判屋も左門町の通りに面して一膳飯屋とは狭い路地を挟んだだけの隣同士で、その向こう隣が湯屋である。おモトが入っていた裏店は、それらと通りを挟んだ向かい側ということになる。

「ほう、借りる人があったのかい。どんな人だね、越してきたのは」

わざわざ訊かなくても、そのうち木戸番小屋にも挨拶にくるだろう。一膳飯屋のおかみさんが話すものだから、ほんのお愛想か相槌のつもりで訊いたまでだ。訊きながらやはり気になってくる。清次が聞けばまた「まてまた、取りこし苦労を」などと言うかもしれない。それでもやはり、

（みょうなのが越してきて、この左門町が目立つようなことになっては）

などとつい思ってしまう。そのような杢之助の勘が当たるのもまた、常のことである。

「越してきた人？　それがまだはっきり分からないのさ。けさ初めて人の出入りを見ただけだから」

一膳飯屋のおかみさんは言う。

「だからさ、見たんだろう。その、出入りしている人をさ」

「あ、見た見た」

李之助から問いを入れられ、おかみさんは喜んで自分からすり切れ畳の荒物を押しのけ大きなお尻を据えた。

「けっこう恰幅《かっぷく》のある商家のご新造みたいなのと、それにありゃあ使用人か手伝いの者かねえ。四十はいってないだろうが三十はとっくにすぎていそうな、あたしより小さいみたいだったから五尺（およそ百五十センチ）足らずかねえ。しょぼしょぼした目に鼻が低くって、下唇が厚いのさ」

「おかちめんこじゃないか」

「いや、男だよ。あたしが見にいくと愛想よく挨拶するもんでね」

「で、引っ越してくるのはどっちだい」

「そんなの知らないよ。それだけだったんだから」

そこまでで、おかみさんの話題は一膳飯屋の裏庭に入ってきた野良犬を棒で追い払った話に移った。

木戸番小屋に挨拶があったのは、一膳飯屋も清次の居酒屋も昼の書き入れ時がそろそろ終わろうかという時分であった。李之助も清次の店で軽くすませてきたばかりである。腰高障子の外に影が立ち、

「それじゃおかみさん、あっしはこれで。あとはよろしく頼みまさあ」

「はいはい、分かりましたよ」

話しているのが聞こえた。そのあと、

「失礼いたしますよ」

丁寧な言い方とともに腰高障子が開けられた。さきほど一膳飯屋のおかみさんが話していた女のようだ。李之助は一目で、

（料理茶屋か船宿《ふなやど》あたりの女将《おかみ》）

と看《み》て取った。着物も帯も上物で地味だが、李之助にうながされ木戸番小屋のすり切れ畳になんの斟酌《しんしゃく》もなく腰を下ろすのなどは、けっこう苦労を積んできた女でもあるように見受けられる。

「どちらさまでございましょう」

李之助は相手を見つめながら胡坐《あぐら》の足を正座に組みなおした。

やはり女は、増上寺《ぞうじょうじ》門前の浜松町《はままつちょう》で水茶屋の暖簾を張る女将であった。

「今月からこの通りの路地裏に住まわせていただくのは、実はうちで茶汲み女をしていた者でございまして」

と、女将は言う。

四ツ谷左門町と東海道筋の浜松町とではけっこう距離がある。そこの茶汲み女が越してくるのにわざわざ女将が引っ越し先の木戸番小屋に挨拶を入れるなどとは、

「わけがありましてねえ」

女将はつづけた。

「おケイと申しまして、決して人さまから落籍《ひか》せていただくような女じゃないのですが、どういうわけかお二人の殿方が面倒を見ようと言って下さいまして。一人は八百石のお旗本でございまして」

なるほど八百石なら水茶屋の女を一人囲《かこ》うことくらいはできようか。

「もう一人は町家の人で、八百石のお旗本よりも多額の身請け金を積まれまして。いえ、決して町家のお人のほうが多額を用意されたからというのではないのです。その人は、前に一緒に住んでいた女《ひと》に三行半《みくだりはん》をお書きになり、その上でおケイを身請けしたいと申されたのです。もちろんあたしは、その三行半を見届けました。一方のお旗本は、実は婿養子《むこようし》として八百石を継いだお方で、格式張った武家暮らしは息がつまりそうだとはよく聞きますが、そのうえ家付きの奥方がいらっしゃるのでは、外に息抜きの場をお持ちになりたい気持ちは十分に分かります。ですがそれが奥方に知れたなら、タダではすみませぬ」

「ふむ」

李之助は相槌を入れた。その息抜き用の女は殺されるかもしれない。

「そこでおケイの将来《さき》を考え、町家のお人にお願いすることにしたのです」

と、女将は経緯《いきさつ》を話す。

「ところが」

話はつづいた。

「そのお旗本は肯《が》んぜず、どこの誰が落籍せたなどと刀まで抜かれる仕儀とあいなったのでございます。そのあと何度も茶屋《みせ》に見え、落籍せた男の名を教えろ、どこへ隠したなどとうるさく言われまして。早晩、茶屋の者からこの引っ越し先を聞き出すかもしれません」

「つまり、そのお侍がこの町へ段平《だんびら》ふりまわして乗りこんでくるかもしれないと？」

李之助は溜息をついた。番太郎の仕事は、木戸の開け閉めと火の用心のほか、外から町内に尋ねてきた者への道案内もすれば留守宅への伝言をあずかったりもし、ときには縁談相手の聞きこみ調査に来る者もいる。

「まだ分かりませんが、もし来た場合……」

「教えるなとか、そのような者はいないと追い返せとお言いなので？」

「そのような、ともかく、よろしくお願いいたします。その旗本は柴垣左内《しばがきさない》といっておお城の御書院番で、愛宕下《あたごした》にお屋敷を構えております。ちょいと悔しいのですが、一応鼻筋の通ったいい男の部類に入りましょうか。もっとも、見かけは……だけなんですけどね」

愛宕下といえば、女将が水茶屋の暖簾を出しているという増上寺門前の浜松町とはすぐ近くである。女将は膝に載せていた菓子折りをすり切れ畳において杢之助のほうへ押しやり、ふところから出したおひねりを添え、

「なにぶん、よろしゅうお頼み申します」

ととのった髷《まげ》の頭を下げ、腰を上げた。

「あぁ、ちょっと待ってくださいまし」

杢之助は正座の腰を浮かせたが、女はもう敷居をまたいでふたたび辞儀をし、腰高障子を外から閉めた。鄭重な上に人と接しなれているのか、そのあたりの間合いもなかなかのものである。

「まったく」

杢之助は吐きながら足を胡坐に組み替え、おひねりを手に取った。一朱金が四枚も包まれていた。杢之助は驚いた。他所から来て木戸番に道を訊き、一文銭を二、三枚

置いていく者もときにはいるが、一朱は二百五十文で四朱といえば一分《いちぶ》である。腕のいい大工の三、四日分の稼ぎに匹敵し、およそ木戸番の一月《ひとつき》分の給金にも相当しようか。木戸番にものを頼むには法外な額と言わねばならない。だがかえってそこに杢之助は、

（こりゃあもっと高いものにつくかもしれんぞ）

思わず浜松町の女将という女の閉めていった腰高障子に目をやった。女将は柴垣左内という侍の名も顔立ちも、それに素性も屋敷の所在も告げていったのだ。話はかなり具体的と思わねばならない。

一方、その八百石の旗本と競《せ》り合った町家の男だが、前の女に三行半を出してまで落籍せたというのなら、妾《めかけ》などではなく女房としてもらい受けたのであろうか。それにしてはこのさき問題があるかもしれないというのなら、その男自身が挨拶に来るはずであろう。だが女将は、その男の名もどんな仕事をしているのかも口にしなかった。杢之助が敢えてそれを訊かなかったのは、大店《おおだな》のあるじなどが妾を囲う場合、近所に素性を明かさないのはよくあるからだ。それに、水茶屋は顧客の名など外で明かすものでない。そこに杢之助は一応納得はしたのだ。

だが、

「どういうことですかい」

と、昼めしの書き入れ時を終え、ふらりと顔を出した清次も首をかしげた。菓子折りはさっき太一が大喜びで持っていったところである。

清次は、

「その使用人らしいとかいう小男ならたぶん」

などと言いだした。

「知っているのかい」

「そういうわけじゃござんせんが、きょうも昼時に来て軽く一杯ひっかけていきやした。職人にしちゃあ昼間から一杯てのはおかしいし、かといって遊び人のように廃《すた》れた感じでもなし。身は締まっているほうでしたよ」

「ほう。きょうも……とは？」

「へえ。以前にも何回か、夕暮れ時でしたよ。ありゃあ内藤新宿あたりへ繰り出す前の腹ごしらえなんでしょうねえ。そのくせいつも一人で隅のほうに座り、だからかえって目立ちましてね。それに」

「それに？」

李之助は越してくるおケイという女よりも、その小男のほうに興味を持った。

「二百文ほどの勘定で一朱金を出しましてね」

おミネが帳場でおつりの五十文を数えようとすると、

『ねえちゃん、面倒かけてすまねえ。つりはとっといてくんな』

と、小男ながら乱れのない髷の頭で暖簾を分けて出ていったそうな。

「おミネさんなどは、あたしの紅い襷《たすき》が効いたのかしら、なんてよろこんでいやしたがね」

また腰高障子に音が立った。

「ねえねえ、杢さん。あら、おもての旦那も？」

一膳飯屋のおかみさんである。おなじように、書き入れ時をすませたあとのひとときであろう。

「それでは、わたしはこれで。ともかく、おもてでも気をつけておきますよ」

清次はおかみさんと入れ替わるように敷居をまたいだ。

「よろしくお願いいたします」

杢之助は腰を浮かせた。

「気をつけておきますってなにをさ。それよりも杢さん。あたしが午前《ひるまえ》に話したあのお人、ここへ来たんじゃないのかね。入るの見てたんだよ」

「「あ、女の人だけ来なさった」

「ねえねえ。誰が越してくるの？　聞いたんだろう？」

「あのお人の店で働いていた女中さんらしいよ。おケイさんとかいってた。それだけだ。詳しいことは知らない」

李之助はそれしか話さなかった。話したなら、きょう中にもおケイとやらは注目の的になるだろう。浜松町の女将がわざわざ水茶屋であることを告げ、菓子折りに一分ものおひねりを添えたのは、

――内々に
との意味が込められているはずである。女将は李之助を見て、それの通じる人と看《み》たのであろう。それに、おひねりが一分金一枚ではなく一朱金が四枚であったのも、もらった人が使いやすいようにとの配慮であることを、李之助は感じ取っている。そうした気配《きくば》りまであったからこそ、

――こいつは高いものに
李之助は感じたのである。それに借りた一軒家は小さく、街道の枝道からさらに細い路地を入った奥というのも、いかにも隠れて住むような感じである。

「引っ越して来たら、どんな女《ひと》か儂《わし》にも教えてもらいたいねえ」

「まあ、そりゃあ、話してもいいけど」

「最近、いい話がないからねえ。なにかあって欲しいもんだよ」

おかみさんは不満そうに帰っていった。


あった。瓦版がまた舞ったのだ。一膳飯屋のおかみさんが杢之助に不満そうな顔を見せた翌々日のことだった。松次郎たちが出先で一枚買い、持って帰ってきたのだ。江戸城の北側になる小石川《こいしかわ》辺の大名屋敷がまたまんまと入られたのだ。

——またも鼠か　まさに疾風《しっぷう》のごとし　その痕跡を残さず
盗まれた金額が記されていないのは、大名家も奉行所も明らかにしなかったからであろうが、またふらりと木戸番小屋に顔を見せた榊原真吾は、

「よほど多いか、まったく少ないかのどちらかだろう」

などと言っていた。多ければいまいましいし、少なければ大名家としてかえって恥ずかしいところである。

松次郎が木戸番小屋で瓦版をひらひらと振りながら、

「どうだい。町のお人が言ってたが、まさに鼠小僧だぜ」

言うと、

「そうそう、俺もそう聞いたよ。鼠小僧だって」

竹五郎もつづけた。

「ほう」

杢之助は頷いた。小僧とは子供のことでも下端《したつぱ》のことでもない。冬の疾風を北風小僧などというように、ところかまわず現れサッと過ぎ去る意味がこめられている。尊称とまではいかないが、巷間《こうかん》から生まれた小気味のいいあだ名といえようか。

ほかの棒手振も別の町で買った瓦版を持ち帰っていた。またも鼠小僧——と、もうそこには記されている。町家ではすでに〝お鼠さん〟よりこのほうが通り名になっているのかもしれない。

当然、

——どんな男だろうねえ
——そりゃあいい男に決まっているさ
——きっと目から鼻へ抜けるような役者みたいな男だよ
軒端に声は聞かれ、すでに大向こうを唸らせているのだ。

「あやかりてえぜ、おれも。ごそっとお宝をよお」

「へん。おまえなんざ、お大名家の塀に手をかけただけで小便ちびっちまうのがオチじゃねえのか」

きょうも夕刻、清次の居酒屋で一杯引っかけていた客たちが話していた。

夜には、

「まったく、けっこうな評判ですよ」

清次が木戸番小屋で話す。

左門町の通りで明かりが点《っ》いているのは、もうこの木戸番小屋だけとなっている。点いていなければかえっておかしい。木戸を閉める夜四ツまで起きていなければならないのだ。だがひところと違い、すき間風に寒さを感じなくなったのはありがたい。

「この季節になると、熱燗よりもぬる燗のほうがよござんしたかねえ」

清次はチロリから湯呑みに湯気を立てながら言う。

「あゝ、まったくけっこうなものだ」

杢之助は湯呑みを口に運んだ。すり切れ畳の上には、三種類ほどの瓦版が散らばるように開かれている。

「こうも評判がよくなると、隠密同心がどうのというよりも、その鼠小僧とやらがちょいと可哀想になってくるな」

「えっ？」

「分からねえか。巷《ちまた》じゃ褒《ほ》め言葉に満ちているんだぜ。盗賊はあくまで人さまの目から隠れていなくちゃならねえ。不審な眼で見られてもならねえ。見られたときが命取りだからよう」

「あっ」

清次は小さく声を上げた。杢之助はつづけた。

「どうでえと、名乗りを上げてえところだろうが、それを抑《おさ》えて日々を送るなんざ、悶々としたのが溜まってしょうがねえだろうに」

「そのとおりで」

「そんな胸の内を考えりゃ、自分では気がつかなくても、ひょんなところで尻尾《しっぽ》を出すかもしれねえな」

「隠密同心と、そのほうにも気を配っておきやしょうか」

「はは。こんなところにあらわれてもらったんじゃ、隠密同心と対《つい》になって町は大騒動だ。迷惑この上ない。それよりも、一膳飯屋の裏手だ。その後なにか聞いちゃいねえか。押しかけてくるかもしれねえっていう旗本のほうが気にならあ」

「いえ、なにも」

「まったく、町内で段平など振りまわしてくれたんじゃ、それこそ源造が同心をつれてくることになるからなあ」

「ともかく、気をつけておきやすよ」

「頼むぜ。こうなりゃあ、一膳飯屋のおかみさんも重宝に見えてくらあ」

「もっともで」

清次はぬる燗になった最後の酒を干し、杢之助もそれにつづき提燈と拍子木を手元に引き寄せた。そろそろ夜四ツに近くなっている。

三

その重宝なお人が来た。下駄の音がいつもより忙《せわ》しないようだ。その日、まだ朝のうちである。

「杢さん杢さん！　来たよ、来た来た。驚いたねえ」

腰高障子が開くより声のほうが先に入ってきた。杢之助はならべたばかりの荒物を押しのけ、おかみさんの席をつくった。

「あら、嬉しいねえ。あたしの座るところかね」

おかみさんは言い、

「来たんだよ、二人そろって。まさかと思ったわさ、あの男がねえ」

三和土に立ったまま話しだす。障子戸を閉めなくても、もう外気の冷たさは感じない。

「ともかく座んねえよ」

李之助はすり切れ畳を手で示した。七厘にまだ火は入れていない。数日前におかみさんが言ったように、焼き芋の商いはここのところ減ってきているのだ。

「ほんと嬉しいよう。李さんが端《はな》から座れなんて、これが初めてじゃないかね」

ようやくおかみさんは小太りの腰をすり切れ畳に下ろし、

「きのうの夕飯さ、越してきたばかりで用意がなかったからって、うちに来たんだよ」

福々しい上体を李之助のほうによじった。

「きのうかい。それも二人そろって？」

街道筋の清次は気づかなかったらしい。李之助も気がつかなかったのだから、まったく住まい同様こじんまりと越して来たようだ。やはり八百石の旗本とやらを恐れてのことか……李之助の胸中に懸念が走った。

「いい女かい」

高禄の旗本が横恋慕するくらいだ。李之助は訊いた。懸念の根源はそこにあるように思える。

「なにいってんだい杢さん、いい歳して。そりゃあ、あたしより若いさ。でもそれだけだね」

予想外の答えである。おかみさんはつづけた。

「どこで女中をしてたか知らないけど、口数が少なくって、ぼっとり型の女さ」

「ほう。ぼっとり女ねえ」

杢之助は返した。〝ぼんやり〟の語源になった言葉だが、人を誹《そし》る意味には使われていない。静かで温厚慎重などといった、むしろ褒《ほ》め言葉である。だからぼっとり女房といえば、目立たず落ち着きのあるおとなしいおかみさんということになる。おケイはどうやらその部類の女のようだ。水茶屋上がりにしては珍しい。

「ともかく、あたしのような蓮葉者《はすはもの》じゃないことは確かだわさ」

分かっているようだ。だからおしゃべりでもこのおかみさんは憎めないのである。

「ところで、さっき二人そろってと言ったが」

「あゝ、言った言った。そこだよ杢さん、驚いたのは」

「路地裏には似合わない、いい男だったのかい」

「いい男だったら驚きゃしないさ。誰だと思うね。その相手の男ってのは」

「もったいぶらずに早く言いなよ。……えっ、まさか」

「そう、そのまさかなのさ。あの小男で鼻が低くって下唇の厚い」

「眼のしょぼしょぼした？」

「そう、それなのさ。最初一緒に入ってきたときには、てっきりまたあの男が引越しの手伝いに来たと思ったさ。ところが女がその男を〝おまえさん〟なんて呼んでいるもんだからさ。あたしもまさかと思って訊いたのさ。するとやっぱり夫婦だって言うじゃないか。でもおかしいよ」

「どんなに？」

「見りゃあ分かるじゃないか。夫婦者かそうじゃないかってことくらい」

女のそうした勘は当たるものだ。

「ありゃあどう見たってまともな夫婦じゃないね。駆落者《かけおちもの》でもなさそうだし。かといってあの男、顔も風体もそうだけど、とてもお妾《めかけ》を囲《かこ》うほど余裕がありそうには見えないよ」

「なにをやってる男なんだい。名前は聞いたろう？」

「女は、そうそう、おケイさんといったねえ」

「それはこのまえ儂《わし》が教えてやったじゃないか。男のほうさ」

「そうだった。男ねえ、名乗るほどの者じゃござんせんなんて格好つけるのさ。仕事は鳶《とび》で、なにぶん詰所に住みこんでいるもんだから、ここにはときどきしか帰ってこられないので、ともかくよろしくなんて言うのさ」

「ほう、火消しか。ならば詰所に住みこんでいるはずだ」

「隣の飯台にお客さんが三人ほどいて、ほれほれ、きのうのお鼠さん」

「鼠小僧かい」

「そう、その瓦版を見ながら、どんな男だろうなんて言ってたもんだから、ついあたし、その火消し男に言ってしまったわさ。案外あんたみたいなのかもしれないねえって」

「当たってるかもしれないぜ」

「なに言ってんのさ。やっこさん、滅相もありやせんなんて低い鼻の前で手をひらひら振ってたがね。そりゃあそうだわ。そのお鼠さん、みんな鼠小僧なんていってるけど、いい男なんだろうねえ」

おかみさんの話題はそのほうに移った。

「おや、また来てるねえ。杢さん、午《ひる》ごろ三つほどお願いするよ。これが今年の食べ収めになるかねえ」

近所のおかみさんが、開け放された障子戸から声を入れていった。

「さ、注文を受けたぜ。そろそろ七厘に火を起こさなくちゃ」

李之助は腰を上げ、三和土に下りた。

「菊之助か団十郎のような、役者にしたいような男に違いないよ。一度見てみたいような、かといって捕まって欲しくないような」

一膳飯屋のおかみさんは話しつづけるが、李之助の脳裡はおケイと旗本の柴垣左内に移っていた。


李之助がおケイを直接見たのは、それから三日ほど経てからであった。一膳飯屋のおかみさんが李之助と木戸番小屋の敷居の内と外で立ち話をしていたときであった。夕方の仕込みに入るすこし前である。

「あっ、おケイさん」

不意におかみさんは木戸番小屋の前を通りかかった女に声をかけたのだ。女は立ちどまった。おかみさんが名を呼んだから、これがおケイであろう。木戸番小屋から李之助はいつも往還を見ているのだが、初めて見る顔である。よほど出歩かないタチのようだ。

「おや、おもての酒屋さんに買い物だったのかい」

「はい」

おケイはおかみさんの問いに短く返した。一升徳利を抱えている。小柄で着物は地味で顔立ちにもこれといった押し出しはなく、敢えて特徴をいえば、鼻がすこし上を向いているのが可愛らしく感じるくらいか。おかみさんが言ったとおり、まさにぼっとり型の女のようだ。

「それじゃ、また」

おケイは軽く会釈し、立ち去ろうとする。

「あ、お待ちよ」

おかみさんは呼びとめ、

「このまま素通りすることはないだろう。こちらはね、この町の木戸番さんなの。なにかと頼りになるから。顔つなぎくらいしていきなよ」

「あ、はい。よろしゅう」

言葉は短いが辞儀の仕草がしなやかだった。やはりあの女将に仕込まれたことがうかがえる。

「あゝ、おケイさんといったね。こちらこそ」

李之助もぴょこりと白髪まじりの頭を下げ、おケイに視線を据えた。

「いずれ」

おケイは李之助から目をそらせ、すぐまた立ち去ろうとする。顔も名前も、自分の存在すらも、

(知られたくない)

そんな風情である。

「なにを急いでいるの。お酒、その徳利一杯にしてもらったの？　きょう来るのかね」

おかみさんはなんとか話をつなごうとするが、

「はい。きょう」

おケイはまたしなやかに辞儀をするときびすを返し、遠ざかっていった。李之助はその背を見つめた。

「いつもああなんだよ。お隣さんみたいなもんだから、一度くらい遊びにきてもいいのにねえ」

「あゝ」

おかみさんが言うのへ李之助は上の空の返事を返した。

(なるほど)

胸中に頷けるものを感じていた。

——世話をしてやりたい

それを感じさせる女だったのだ。あるいは、引き取って面倒を見たくなるようなというべきか、おケイにはその魅力があった。八百石の旗本も、それに火消しだという小男も、おケイにそれを感じたのであろう。

「ちょいと、なに見てんだい。いったいどこがいいんだね」

「いや、そうじゃないんだ」

李之助はおかみさんに視線を戻し、

「おケイさん、みょうなことを言っていたね。うちの人が来るからって。やはり通いの亭主なのかね」

「それさあ」

おかみさんはまた乗ってきたのか、

「泊まっていったのは最初の夜だけで、あとは見かけないよ。火消しとはいっていたが、みょうな夫婦だよ」

と、おケイの去ったほうに目を向ける。自分の店の方向でもある。往来人の落とす影からも、もう太陽はかなりかたむいているようだ。

「飯屋《みせ》のほう、まだ仕込みはいいのかい」

「あっ、そうだね。うちの宿六《やどろく》にまた文句言われるよ」

一膳飯屋のおかみさんはようやく木戸番小屋の前を離れ、急ぐように往還へ下駄の音を立てていった。

（やはり、来そうだな）

杢之助の脳裡は八百石の旗本に切り替わっていた。惚れた女というよりも、面倒を見てやろうと思った女を町家者に持っていかれたのだ。分別のある武士ならともかく、浜松町の女将から聞いた目鼻の通った御書院番なら、なおさら八百石の体面を汚されたといきり立ち、町人風情がと悔しさを倍加させているかもしれない。

（捨てておけない）

騒動が起きるとすれば、町内ということになる。しかも相手は、刀を持った侍である。町衆の前で、岩五郎を倒したときのような足技を披露するわけにはいかない。

（ここは一つ手習い処の師匠に）

加勢を頼む以外になさそうだ。

長屋の住人に声を入れ、街道を横切った。

「おや、杢さん。こっちのほうまで火の用心にまわってくれるのかね」

麦ヤ横丁の住人が声をかけてくる。

真吾はいた。裏庭に面した縁側で書見台《しょけんだい》に向かっていた。

「あはははは」

話を聞き、榊原真吾は急に笑いだした。

「はは、ははは」

杢之助も笑った。浜松町の女将から聞いたこと、それに自分の眼で見たおケイの感じを、余すところなく話したのだ。手習い処の小さな裏庭にまだ陽は射している。榊原真吾に話しても、それが第三者に洩れることはない。洩れないどころか、真吾も清次と同様に、町の秘《ひそ》かな鎮《しず》めに対して、一蓮托生《いちれんたくしょう》の身となっているのだ。

二人はいま、同様のことを思ったのだ。御書院番であろうと御庭番であろうと、また八百石だろうと二百石だろうと、柴垣左内は武家の養子なのだ。家の中は奥方に牛耳られ、郎党はすべて左内の家来ではなく奥方の家来である。自分の使嗾《しそう》できる者は一人もいない。毎日が息詰まる思いだろう。まして八百石もの大身となればなおさらのこと、その身分はあくまで奥方あってのものなのだ。

柴垣左内が外で、自分が面倒を見てやれる女をつくろうとしたのは、自尊心のある男として自然のながれであったのかもしれない。

「そりゃあ杢之助どの。柴垣左内とやら、きっと来ますぞ。来なきゃ男が廃《すた》れますからなあ」

榊原真吾は杢之助を呼ぶとき〝どの〟をつけている。以前を知らなくとも、並の男ではないことを看《み》て取り、敬意を示しているのだ。

「よろしい。来れば、俺がひと肌脱ごうじゃないか。近くで騒動があったのでは、うるさくてかなわんからなあ」

真吾は書見台を隅に押しやり、裏庭に向けていた身を杢之助に向けなおし、低声をつくった。

「先方さんは格式張った家柄であろう。そういう者を押さえるには、最初の立ち上がりで敵《かな》わぬと悟らせ、同時に逃げ場もつくってやることじゃ。あとはお家が蜘蛛《くも》の巣となり、外出もままならなくなるだろう」

「そういうものでございますか、お武家とは」

「さよう。手習い中でもよろしいぞ。来れば至急お知らせありたい」

「そのときは、刀をお忘れなく」

「無論だ」

真吾は頷いた。

裏庭から日影はなくなり、全体が薄暗くなりかけていた。

四

李之助はおケイの通いの亭主に、ようやく声をかける機会を得た。夕刻に近い時分だった。李之助が木戸番小屋の敷居を外にまたいだとき、街道から左門町の木戸に入ってきたのだ。姿形《すがたかたち》は一膳飯屋のおかみさんからも清次からも聞いている。

（この男）

すぐに分かった。単《ひとえ》を着ながしているが、気障《きざ》な印象は受けない。つまり、目立つ押し出しではないのだ。声をかけた。

「あんた、ときどきこの木戸を通りなさるね。お見かけしておりますよ」

鎌《かま》をかけ、

「間違ったらごめんなさいよ。ひょっとしたら、おケイさんのこれかね」

親指を立てた。訊いても不自然ではない。住人の名と顔を一つひとつ覚えておくのも、木戸番の仕事なのだ。

「ええ。まあ」

「だったら火消しのお方ですかね」

「ご存知なんで？　ま、あっしはこの町の住人というほどじゃありやせんが、よろしくお頼みもうしまさあ。木戸番さんなら、火の用心のほうも」

おケイにくらべれば愛想はいいようだ。

「その意味ではご同業のようなものだが、お名は？」

「あっしかね。浜松町の〝め組〟の次郎吉《じろきち》と覚えててくんな」

「ほう、め組のねえ。次郎吉さんといいなさるか」

おケイがいたという水茶屋も浜松町である。辻褄《つじつま》は合う。

「左門町の木戸番さん」

次郎吉は自分のほうから話しかけるように言った。

「ん？　なんでしょう」

「なにぶん、静かに暮らしたいもんで。そこんとこ、よろしゅうお願いしまさあ」

「うん？」

このときの「よろしく」がおケイのことか、それとも自分を構ってくれるなとの意味なのか、即座には解しかねた。自分を構ってくれるななら、

（儂《わし》と似たようなことを言うじゃねえか）

李之助の脳裡を走った。次郎吉と名乗った男は、もう通りのほうへ向かっていた。

一膳飯屋と印判屋のあいだを入れば、おケイの妾宅である。

その背に李之助は、小男というよりも、

（小回りの利く）

そんな印象を覚えた。それよりも、

（厄介《やっかい》を持ちこんでもらっちゃ困るぜ）

いまはそのほうが先に立った。

その先に立つものを李之助が感じたのは、卯月《うづき》（四月）に入ってからすぐのことだった。気の早い朝顔ならもう人の目を誘うように顔を見せはじめている。火の用心で手をかじかませながら拍子木を打っていたころが懐かしく感じられる。卯月の声とともに焼き芋は終えたから木戸番小屋に火の気はなく、そのぶん気が休まる。

午すこし前であった。障子戸は開け放しており、すり切れ畳の上からも通りを往来する一人ひとりが見える。ときおり駕籠が入ってきては土ぼこりを上げる。

「木戸番。おるか」

いきなりであった。その眺めがさえぎられた。入り口に立ったのは、編笠《あみがさ》で顔を覆った武士だった。大小をきちりと差した出で立ちは高禄のように見受けられ、町家である左門町の通りにはそぐわない。それなら外出時には少なくとも挟箱《はさみばこ》を担いだ供の一人や二人は従えているものだが、その武士は単身であった。よほどの私用か屋敷には知られたくない外出なのであろう。

(来たな、八百石)

直感した。

「へい、ここに」

李之助は荒物の奥で慌てたように正座の形をとった。実際は慌ててなどいないが武士に対する礼儀である。

「ちと、ものを尋ねるがよいか」

武士は敷居をまたぎ、三和土に立った。長い段平の鞘《さや》が敷居の外である。往還を行く者が怪訝《けげん》な顔を向けながら通りすぎる。わざわざ歩をとめる町娘もいる。

「なんでございましょう」

李之助は白髪《しらが》まじりの頭で畏《かしこ》まった。

「人を捜《さが》しておる。うー、女だが。あー、最近、この町に越して来た者がおろう。年のころなら二十歳《はたち》はすぎていようか。目立たぬ女だ」

水茶屋の使用人を脅し、聞き出したのであろう。言いにくそうに口火を切ったが、それだけ聞けば十分だ。この者、柴垣左内に間違いない。笠は紐《ひも》を解かず前を上げただけである。なるほど浜松町の女将が言ったとおり、鼻筋の通ったいい男だ。もてるだろう。これでお屋敷で不自由を強いられているのでは鬱積《うっせき》するものも一層であろうか、杢之助は軽い同情を感じながら、

「と申されましても、町家はなにぶん人の出入りが多うございまして、いまひとつ分かりかねますが」

「そうか、そうであろう。目立たぬ女ゆえのう。名はおケイという。聞いておらぬか」

「おケイさん。二十歳すぎねえ。聞いておきやしょう。ですが、この町も広うござんすから、それに人違いをしてもいけません。あしたまたお出でいただけませぬでしょうか。確実なところを調べておきますが。お約束いたします」

「なに、あした？　そんな暇はない。広いといってもたかが町家ではないか。いますぐ調べろ」

「しかし……では、午後ではいかがでございましょう」

おケイをいずれかに隠し、榊原真吾に連絡をとる間合いを得たかったのだ。

「貴様、木戸番の分際《ぶんざい》で武士に二度手間を取らせるつもりか。いますぐ調べろ。名はおケイ。四ツ谷左門町に越したことは分かっているのだ。さあ、人に聞きながらでもよい。案内《あない》せい」

柴垣左内はまだ刀に手をかけていないものの居丈高《いたけだか》になっている。屋敷内で抑圧されているせいか、外でことさら我を通そうとする。よくある手合いである。

「ならば、しばらくお待ちを」

三和土に足を下ろした。木戸番小屋が騒ぎの現場になるのを防ぐためだ。

「どこへ行く」

「へえ、おもての居酒屋なら心当たりがあるかと思いまして。ちょいと訊いてまいります」

「木戸番のくせに、頼りない奴だ。待たせると許さんぞ」

いまここで足の一撃で倒すのは容易だ。だが、障子戸を開けたままの木戸番小屋は通りを行く人の注視を受けることになる。

「へえ」

杢之助は腰を卑屈に折った。八百石の柴垣左内は町家のすり切れ畳に腰を下ろすのを嫌ったのか、三和土に立ったままである。

「あら、杢之助さん」

おもてではおミネが縁台の湯呑みをかたづけようとしていた。

「ちょいと急ぎでな。手習い処に走ってくれ。榊原さまに、来たとだけ伝えてくれないか。湯呑みは儂がかたづけておこう」

「えっ、なんですか？　それって」

みょうに思いながらもたやすいことである。おミネは街道に下駄の音を立てた。杢之助はおミネの盆を持って中に入り、

「来たよ」

調理場の清次に告げ、木戸番小屋にゆっくりと戻った。

「まずい」

声にならぬ声を出した。もの珍しそうに一膳飯屋のおかみさんが木戸番小屋に走り来ていたのだ。

「木戸番、戻ったか。おまえよりもこの女のほうが役に立つぞ」

柴垣左内はもう敷居の外に出ていた。

「杢さん。おケイさんならあの人じゃない、うちの裏のさ」

案の定である。おかみさんはすでに柴垣左内を案内しようとしていた。

「おう、そうだった。歳かなあ、ド忘れしておった」

こうなればできるだけゆっくりと進む以外にない。だが一膳飯屋のおかみさんは、

「あのおケイさん、大したもんだねえ。こんなお侍さまに知り合いがいるなんて」

大きな声で胸を張り、身なりのととのった武士と一緒に往還を歩くのを周囲に誇っているかのようでもある。

杢之助はいかにも町の使い番らしく、

「だったら儂がちょいといるかどうか確かめてきますさあ」

「いいじゃないの、すぐそこなんだから」

腰を折り先に行こうとする杢之助をおかみさんは引きとめた。

麦ヤ横丁の手習い処では、

「お師匠！」

おミネがいきなり紅い襷《たすき》のまま襖《ふすま》を開けた。年齢がばらばらなら習字の筆を握って入る娘、算盤《そろばん》をはじいている男の子、読本に声を上げている者と、学んでいるものもまちまちだ。それらが一斉に手も声もとめ、

「あっ、太一のおふくろさんだ！」

「えっ？　あ、おっ母ア」

上がった声に、

「木戸番さんが一言、来た、と。それに至急に、と」

おミネが言ったのへ榊原真吾は頷き、つぎには歓声が上がった。

「しばらくこのまま待っているように」

師匠は言ったのだ。だが榊原真吾はこれより密かに裏技《うらわざ》を演じに行こうというのではない。衆目のなかに町の安寧を維持するのだ。刀を取って飛び出せば手習い子たちがおとなしくしているはずはない。

「あぁ、ちょいと、ちょいと、みんな。じっと待っていなくっちゃ」

だがおミネの制止など聞くものではない。一斉に刀を持って飛び出た師匠を追いかけ、麦ヤ横丁の往来人たちは「なんだ、こりゃあ」と思わぬ旋風に道を開け、天秤棒の荷を落としそうになった者もおれば、街道では逆に駕籠や大八車が急停止する。

「俺も行かなくっちゃなあ」

清次が暖簾から顔を出し、志乃に呟《つぶや》いていた。

路地には一歩あとに入ったが、

「おケイさん。いなさるかい」

玄関では杢之助が先に立っていた。

(いなければいいのだが)

思ったが、

「どなた?」

式台の障子の向こうから人の気配とともに声が聞こえた。

「うむ」

柴垣左内はそれがおケイと分かったのか頷くなり、

「おケイ。わしだ」

玄関の格子戸に手をかけた。

「あっ」

障子の奥におケイの声が立った。

「お待ちなせえ」

「ん?」

意表を突かれたように柴垣左内は杢之助を凝視した。杢之助の足が柴垣左内の足を踏み、その動きを封じていたのだ。

「ここに住まうお人はすでに夫婦者でござんすよ。それでも踏みこみなさるか」

突然の変化に一膳飯屋のおかみさんは、

「杢さん！」

驚き、柴垣左内は、

「貴様！」

すぐには返すべき言葉を見出せなかった。まだ笠をかぶったままである。おかみさんは杢之助の足には気づいていないようだ。八百石の高禄でなくとも、武士が町人に足を踏まれてこのまま引き下がるわけにはいかない。

「のけい！」

柴垣左内は杢之助の肩に手をかけた。

「いけませんぜ、旦那」

低声を柴垣左内に吹きかけ、よろめいた振りをしてうしろ手で格子戸を開けるなり敷居の中へ一歩引き、そのまま玄関の三和土に相手を引き入れた。一膳飯屋のおかみさんの肩越しに榊原真吾の走ってくるのが見えたのだ。おケイは玄関の障子をすこし開けるとまたすぐに音を立てて閉めた。明らかに柴垣左内を拒絶している。

「あっ、手習い処の旦那！」

一膳飯屋のおかみさんも気がつき振り返った。真吾はすでに玄関前である。走りこんだ。柴垣左内はやはり武士か、とっさの状況変化に刀の柄《つか》に手をかけた。小さな一軒家の狭い玄関である。真吾は柴垣左内と躰《み》が触れ合うほどの足場から素早く一歩引き、腰の刀を鞘走らせた。刀が鞘に戻る音がする。杢之助の肩が格子戸を覆い外からの目を遮《さえぎ》っている。このために杢之助は柴垣左内を中に引き入れたのだ。

左内は狭い三和土に突っ立ったまま右手を刀の柄から離してだらりと下に落とし、顔を苦痛に歪《ゆが》め真吾を見つめた。真吾の刀の峰がしたたかに柴垣左内の右腋下《わきした》を打ったのだ。激痛のなかにも左内は双眸《め》に驚嘆の色を浮かべている。この狭い場所で狙い違《たが》わず居合いの峰打ちなど並《なみ》の技《わざ》でできるものではない。

「ううう っ」

笠の中で呻《うめ》きながら左内はそれを悟ったのだ。

「なんだね、なんだね、おまえたち」

玄関の外である。騒がしくなった。手習い子たちが駈けつけ、一膳飯屋のおかみさんが驚き、そのあとをまたおミネが洗い髪をなびかせ追いかけてきた。

「あっ、飯屋のおばちゃん」

「ねえ、うちの師匠。来たろう！」

「なにがあったの！」

手習い子たちは口々に問う。問われても瞬時のことでおかみさんは見ていないのだ。答えようがない。

「それよりおまえたち、いま手習い中じゃ」

騒々しいなかに清次も駈けてきた。数名の大人たちもつづいている。

玄関の中では、

「うううう っ」

笠をかぶったまま柴垣左内はあらためて呻いた。外がすでに騒ぎに包まれていることを知ったのだ。旗本が町家で騒ぎを起こせば奉行所を通じて目付の耳に入る。場合によっては究明の対象ともなる。左門町に乗りこんだ動機を思えば、それは破廉恥《はれんち》で屋敷に知られれば己《おの》れの身分すら危うくなる。かといって騒ぎが子供たちでは、二本差しを盾に切り抜けられる事態ではない。

不意に飛びこんできた浪人者と狭い中に向かい合い、

「うーっ」

笠の中でまたも唸《うな》る。杢之助はそっと外に出て格子戸をうしろ手で閉め、

「ふーっ」

大きく息を吐いた。

「杢さん！　どうしたのさ。さっきあんなに勢いよく」

「あ、驚いた。心ノ臓が破裂しそうだったぜ」

いかにもそのように胸を押さえる。

「木戸のおじちゃん。うちらのお師匠、中でなにしてる？」

「お師匠、強いよねえ」

女の子たちも騒いでいる。中は杢之助の躰が塞いでいて見えない。

「さあ、さあ、さあ。みんな手習いに帰って、帰って」

おミネが叫べは一膳飯屋のおかみさんも、

「そうだよ、そうだよみんな。さあ、手習い手習い」

関心を玄関の中から町の子供たちに向けた。

「帰るよ、帰るよ。お師匠が刀を抜くところ、見たかったのになあ」

太一の声のようだ。

玄関では見た目には単に向かい合っているだけのようだが、真吾の刀の柄が相手の

鍔《つば》を押さえこみ、なおも動きを封じている。

「むむっ」

「いかがか」

真吾は低く笠の中に浴びせた。威嚇《いかく》ではない。

「おケイはすでに亭主を得ておる。因縁ある女なら、その幸《さち》を祝《いお》うてやらんかのう。俺もこの町に住む者として、祝うてやったのだが。おぬしも……いかがか」

逃げ場である。真吾はそれをつくってやろうとしている。柴垣左内は悟ったのか、

「なにゆえそれを。それに、おぬしは一体！」

「この町に住む者ゆえだ。ただそれだけでござる」

「むむっ」

未練か、柴垣左内は進退きわまっているというのにまだ迷っているようだ。互いに腹から絞り出すように声を抑え、玄関から外には聞こえない。

格子戸が音を立てた。清次である。前掛《まえかけ》に白い襷《たすき》をかけ、みるからに包丁人姿である。入る前に杢之助と目配せをしていた。

路地では大人たちがまだ数人のこっているが、手習い子たちは一膳飯屋のおかみさんとおミネに急き立てられ、おもての枝道に押し返されようとしている。

「さあ、野次馬は帰って帰って。ただのお客さんだよ。なんでもないんだから」

一膳飯屋のおかみさんは手習い子たちを追い立てながら、期待はずれの表情でのぞきにきた大人たちに浴びせかける。

「そうみたいですよ」

おミネもつづけた。

「お武家さま。愛宕下の柴垣左内さまでございますね」

格子戸の中では清次が敷居をまたぐなり柴垣左内に浴びせていた。

「お、おまえ、なにゆえわしの名を！」

柴垣左内は右手をまだぶらつかせているものの腰を落とそうとした。すかさず真吾が左内の刀を押さえた柄に力を入れる。

「わたくし、おもての街道に居酒屋の暖簾を張る者でして、浜松町の女将とは同業でございます」

「えっ」

清次はつづけた。

「おケイがこの町に越してくるとき、女将から頼まれたのでございますよ。よろしく頼みますとね、事情も聞きまして。ここで騒ぎをお起こしになったのじゃ、わたくしの口から浜松町の店にも愛宕下のお屋敷にも連絡いたさねばなりません」

「むっ、きさま！　わしを脅《おど》す所存か！」

「脅す？　滅相もございやせん。あっしはただおケイがそっと暮らせるよう頼まれただけでござんすよ」

清次はしだいに口調を変えていった。清次もこのあたりの間合いの取り方はなかなかのものである。

つぎを真吾がつないだ。

「いかがかな、柴垣どの。武士が所帯を持った町家の者に多幸《たこう》を祝《いお》うてやれば、その者は名誉に思い、きっと喜びましょうぞ」

「ううっ」

また笠の中に呻きが聞こえ、

「おケイ！」

笠が閉められた障子のほうに向いた。

「達者でのう。多幸を祈るぞぅ」

声を投げた。障子の向こうに返事はない。だがそこに人のいる気配は感じられる。

「ふむ、さすがは旗本。感服つかまつった」

榊原真吾は言うと、

「では」

敷居を外にまたぎ、振り向きもせず路地を左門町の通りへ大股で進んだ。杢之助は道を開け、まだいた町の者数名も慌ててそれに従った。中では清次が、

「さあ」

手で外を示すとこれもまた自然のように柴垣左内が真吾の背につづいた。清次と杢之助は頷き合った。

通りではおミネがまだ未練げな手習い子たちを街道のほうに追い立てている。手習い処で制止できなかったことに責任を感じているのだろう。

杢之助が路地を出ると、一膳飯屋のおかみさんが立っていた。清次はそのまま、

「まだ仕込みがのこっているので」

おかみさんに軽く会釈し、街道に向かった。

「杢さん、いったいなんなんだね、これは」

「儂にも分からんさ」

「おケイさんて、そんないい女かね。お武家が訪ねてきてそこへ手習い処のお師匠におもての清次さんまで」

「なにやらあのお武家とおケイさん、縁があったようだねえ。ま、ともかくこれで一件落着」

編笠の武士がおケイに祝意を述べたのは、町の者数名が聞いている。それに子供たちが大勢、現場になんの騒ぎもなかったことを見ているのだ。「つまんなかったよ」とそれぞれが家に帰ってから親に話すことだろう。これではいかに一膳飯屋のおかみさんといえど噂の撒《ま》きようがない。木戸番小屋に引き揚げる杢之助の背を、おかみさんは拍子抜けしたような顔で見送り、

「そうそう、あたしも昼の仕込みの途中だったんだ」

暖簾の中に駈けこんだ。

街道では榊原真吾とついに最後まで編笠を取らなかった柴垣左内が、

「おぬし、藩は訊かぬが名はなんと申す」

「藩は無論、浪人が名乗ってもはじまるまい。それがしも、おぬしの名は忘れよう」

「お互いに名なしか。よかろう」

編笠の武士は頷き四ツ谷御門のほうに歩み出した。

(外よりもお家の中で、足場を固められよ)

真吾は胸中に念じ、麦ヤ横丁の往還に向かった。

「これで収まってくれればいいのだが」

杢之助は独り呟き、すり切れ畳へ疲れたように腰を落とした。開け放した腰高障子から、左門町の往来が見える。

午《ひる》がすぎ、やがて手習い子たちの期待する昼八ツの鐘が、市ケ谷八幡のほうからながれてきた。木戸番小屋にまでは聞こえないが、

「うーっ」

手習い処に歓声ならず大勢の溜息が洩れた。真吾師匠が言ったのだ。

「きょうは無駄な時間を費やしてしまった。その分、終りの時間を延ばすぞ」

五

騒ぎがあった日の太陽が落ちかけたころである。榊原真吾は左門町の木戸番小屋で夕めしを摂《と》っていた。そのつもりで清次の居酒屋に顔を出すと、あいにく飯台が全部ふさがっていたのだ。

「かえって都合ようございます。木戸番小屋に運びますから」

清次が調理場から顔をのぞかせ、

「ほう、そのほうがゆっくりできるのう」

と、左門町の木戸を入ったのである。松次郎と竹五郎が帰ってきて湯屋に行ったあとで、杢之助はすり切れ畳の上にならべた荒物を隅にかたづけたところだった。おミネが二人分を盆に載せて運んできた。おモトに髪を馬の尻尾に結ってもらって以来、それまで無造作に束ねていただけなのに気をつかい、自分でもふわりとうなじのあたりを浮かせるように結んでいる。

おミネは盆を持ったまま敷居をまたぎ、

「きょうはいったいなんだったんですよう。わけありのようなそうでないような」

言いながらすり切れ畳の上に盆を置く。

「いやあ、早トチリ早トチリ」

「そう。てっきりおケイさんに言い寄る男がいて、それが来たと思ってなあ」

「それがあのお武家さんですか」

「だから儂も驚いて、こりゃあ木戸番の手に負えないと榊原さまに連絡をとってもらったって次第さ」

「するとなんのことはない。近くまで来たついでに、以前の奉公人の消息を知るためふらりと立ち寄っただけとか。それがとんだ騒ぎになったもんだ」

「あたしが手習い子たちを引きとめられなかったからですか」

「いやいや、そうじゃない。子供というものは、なにかきっかけさえあればはしゃぎたがるものだ。それを毎日見ている俺の苦労も知ってくれ」

「そりゃあ、まあ」

おミネは交互に言う杢之助と真吾に納得したような顔をつくった。

「おミネさん、おもては大丈夫なのか。忙しいのじゃないのかね」

杢之助が言うと、

「そんなに追い出すようなこと言わなくてもいいじゃないですか。太一が手伝ってくれてるから大丈夫ですよう」

おミネは空の盆を手に向きを変えた。うなじのあたりの髪がふわりと揺れる。

「太一も、もう一人前に近づいているんだなあ」

杢之助が言うと、おミネは敷居のところで振り返り、

「父親代わりになってくれてる人がいましたからねえ。これからもよろしゅう」

杢之助にぴょこりと頭を下げ、下駄の音を木戸の外へ響かせていった。

「杢之助どの、おミネさんの気持ちも」

「おっと榊原さま」

杢之助は言いかけた真吾を手でとめ、

「それよりも、きょうはハラハラしましたが、おかげさまで」

部屋の中は二人だけである。

「ふむ。うまい具合に清次さんが来てくれたからなあ」

あのとき、三人の呼吸はピタリと合っていたのだ。

「それにしても、あの柴垣左内という男」

真吾はつづけた。

「もう少しできた人物なら、俺の放った逃げ道だけで収まっていたはずなのだが」

「それが追い詰められてようやく……。屋敷でのお立場が、なにやら憐れに思えてきます」

「そういうところだ。所詮《しょせん》、武家とはそうしたものでのう」

「ならば、榊原さまは」

箸をとめ顔を上げた杢之助にこんどは真吾のほうが、

「この煮込み、なかなかのものだなあ」

その先は訊くなといったように話題を変えた。

酒も入らない男同士の膳など短いものだが、それも終りかけたときだった。陽は落ち、外はゆっくりと薄暗くなりかけている。

「やい、バンモク。どういうことだ」

怒ったような声とともに開け放されたままの腰高障子のすき間が、だみ声とともに埋められた。源造である。

「おっ、これは榊原の旦那もいらしてたんですかい」

足をとめ、

「ちょうどよござんした」

あらためて三和土に入った。

「これは源造さん。なにを力《りき》んでいなさる」

杢之助は茶碗と箸を盆の上に置き、源造に顔を向けた。

「なに言いやがる。あっ、旦那。これはバンモクに言ってるんで、へい」

源造は三和土に立ったまま榊原真吾と杢之助の交互に顔を向け、

「きょう昼間、左門町でちょっとした騒ぎがあったっていうじゃねえか。侍が来てガキまで走りまわってたって？　そんなことを耳にしたもんだから、わざわざ出てきてさっき一膳飯屋の、ほれ、おしゃべり女房に訊いてみたのよ。すると榊原の旦那まで出てきなすったてんで」

源造の首がせわしなく動く。

ちょうどおなじころだった。

「馬鹿野郎！　顔も見せずにそのまま済ますって法があるかい」

一膳飯屋の裏手の家に怒鳴るような声が上がっていた。ふらりとやってきた次郎吉が昼間の話を聞き、おケイを叱責していたのだ。その一方、

「そりゃあ大《てえ》した裁きだ。並じゃできねえぜ」

榊原真吾に清次、杢之助らの連繋に舌を巻き、

「ともかくお礼の挨拶はしておかなきゃならねえ」

と、おケイを急き立てていた。杢之助が女将から事情を聞いていたにせよ、やることが鮮《あざ》やかすぎる。よほど感服したのか、それとも感服のあまり杢之助と他の二人の値踏《ねぶ》みをしようと思い立ったのか……その両方かもしれない。次郎吉には感じるものがあったようだ。

木戸番小屋である。源造は話をつづけていた。

「どうもあの一膳飯屋じゃ要領を得ねえ。つまり大《てえ》したことじゃねえと思うが、とも

かく日常と変わったことがあったならすぐ俺の耳に入れてくれなくちゃ困るぜ。それでなくとも、お大名家が悔しいのか、独自であちこちの町家へ探索方を入れてるって噂もながれてんだ」

「奉行所の隠密同心のほかにお大名家まで？」

李之助が返したのへ、

「はははは」

真吾が笑い声でつなぎ、

「きょうのはそんな大したものじゃない。俺たちの早トチリでなあ」

と、さきほどおミネに話したのとおなじことをそこにながした。

「へーぇ。それで手習い子さんたちがねえ。そうでしたかい」

納得したように返す源造に、

「そういうことだ。飯を喰いながらですまねえ。いま終ったところだ。ま、せっかく来なすったんだ。突っ立ってねえで、ともかく座んねえよ」

李之助はすり切れ畳を手で示した。

「てやんでえ。座れったって、もう暗くなりかけてるじゃねえか。どうせならもっと明るいところへ行かあよ。あっ、失礼。ここが嫌だというわけじゃねえので」

李之助に言ってからまた真吾にぴょこりと頭を下げた。清次の居酒屋で酒付きの膳に与《あずか》ろうというのであろう。実際、室内はもう明かりが欲しくなるほど薄暗くなっていた。

「へへ、ちょいと」

と、源造が真吾に愛想笑いをし、敷居をまたごうとしたときだった。

「おっ、木戸番さん」

暮れかけた往還から木戸番小屋に声を入れたのは次郎吉であった。すぐうしろにおケイが畏《かしこ》まったようにつづいている。

「おう、来なさったか」

李之助は腰を浮かせた。次郎吉は、源造とは初対面である。敷居のところに立っている厳《いか》つい男に、

「ちょいと失礼」

軽く会釈だけし、

「ひょっとしたら、そちらのお方。きょう昼間うちのやつがお世話になりやしたご浪人さんでは」

「そう、そうです。おまえさん」

おケイが一歩進んで薄暗い木戸番小屋の中に目を凝らした。中から真吾も、おケイを確かめるように視線を投げた。

会釈だけで無視されたようなかたちになった源造は不機嫌そうに、

「なんでえ、おめえは。昼間などと、おめえこそひょっとすると」

「そうだよ、源造さん。この人らが一膳飯屋の裏手に越してきなすった夫婦で、次郎吉さんとおケイさんだ」

杢之助は言いながら三和土に足を下ろし、

「次郎吉さん。こちらはねえ、源造さんといってこの四ツ谷の御用を受けている」

「えっ、こちらが四ツ谷の親分さんでございますか。これは失礼いたしやした」

次郎吉はあらためて慇懃《いんぎん》に源造へ向かって辞儀をした。源造は親分と呼ばれたことに機嫌をなおしたのか、

「そうかい。おめえが次郎吉で、そっちがおケイさんかい。ともかくだ、この界隈で困ったことがあったら俺に相談しねえ。悪いようにはしねえぜ」

「はい、そのことでございます。きょうはまったくお世話になり、それなのにこいつが面《つら》も出さなかったそうで」

「ほんとうに、きょうは」

次郎吉はふたたび敷居の中に声を入れ、つづけておケイが昼間礼を失した分もふくめ深々と頭を下げ、

「ありがとうございました。つい、恐かったものですから」

上げた顔も、ほんとうに助かったという表情をしていた。

「ちょうどよございました」

次郎吉は言い、

「ここじゃなんですから、おもての居酒屋の旦那さん、包丁も握ってらっしゃる。一緒だったとうかがっておりやす。あっしに義理をつけさせてやっておくんなせえ。あ、親分さんもぜひご一緒に」

源造は自分も誘われたことでますます気分をよくし、

「せっかく言ってるんだ。つき合おうかい」

まっさきに応じ、

「さあ、榊原の旦那も」

と、真吾まですでに暗くなった部屋から引っ張り出されるかたちになった。

さきほどは夕めしの客だったのか飯台はもう空いていた。清次は暖簾を入ってきた

組み合わせに目を丸くしたが、

「のちほどわたしもそちらへ」

調理場から出てきてすぐまた仕事に戻った。

おケイは暖簾の中までついてきたが、

「おう、ほどのいい時分に帰らあ。おめえは家で待ってな。さきに寝ててもいいぜ」

次郎吉に言われ、おミネや志乃にも、

「よろしゅう」

腰を折り、すでに夕闇となったなかを帰っていった。おケイが暖簾を出たとき、おミネは首をひねった。

(あの女《ひと》に、なんで殿方が右往左往と)

そんな表情であった。志乃も似たような面持ちをしている。八百石の旗本が入れこもうとしたおケイの魅力は、やはり女同士には分からないようだ。

「ともかくあっしは嬉しいんでさあ。この町のお人らがこんなにおケイのことを心配してくだすって」

次郎吉はおミネの運んできたチロリから源造の湯呑みにもなみなみと注いだ。杢之助は気が気でなかった。真吾も困惑の表情になっている。次郎吉が詳しく話せば、内

容はおミネや源造に説明したものとは違ってくる。だが源造は、

「それはそれで、もういいじゃねえか」

と、自分の関与していなかった話を嫌い、

「ともかく鼠小僧とやらはどこかの町家に潜んでいると思われる。だから町家のちょっとした動きにも俺は気を張り詰めてんのよ。榊原の旦那も気をつけていておくんなせえ」

鼠小僧に話題を移した。

「おう、そうか。そりゃあご苦労だ。気をつけておこう」

真吾は安堵したように話に乗り、

「奉行所じゃ、ほんとうにそう見ているのかい。町家にと」

杢之助も相槌を打った。

「もちろんよ」

と、源造は志乃の運んできた肴《さかな》をつつき、杯も重ね興に乗ってきたようだ。

「あっしゃねえ、気になることがあるんでさあ」

榊原真吾に目を据えた。

「ほう、なにかな」

真吾は応じた。

「旦那はこのまえ、鼠は大名家には捕まらねえとおっしゃった。その理由《わけ》を聞きてえ。なぜなんです。おっしゃるからには根拠がおありなんでがしょう」

「うむ」

「さあ、聞かせてもらいやしょう」

源造はうながし、

「それならば」

真吾も杯を口に運びその気になったようだ。

杢之助は次郎吉のようすが気になった。独りで杯を重ねながら、聞いていないようで耳だけはさっきから源造の言に凝っとかたむけ、さらに真吾がこれから話そうとしていることにもその態勢をとったように見受けられたのだ。

真吾は話しはじめた。

「商人はのう、蔵を荒され根こそぎ持っていかれたら破産だ。だから防備は厳重にし火災にもことさら気をつけておる」

「あたりめえじゃねえですかい」

源造が口を入れる。

「ところが武家は違う」

「えっ？　違うって、どのように」

「大名家や高禄の旗本は、領地があってその上がりで喰っている。だから蔵や納戸《なんど》にあるものを持っていかれても火事で燃え落ちても、領民を数年絞れば補填《ほてん》できる。それゆえに物に対する執着が町人より極端にすくない。それだけ盗賊も盗りやすいというものだ。鼠小僧とやらが百人千人集まっても領地を盗むことなどできまい。それができるのは将軍家だけだ。武士が悪いのではない。それがいまの世の仕組だ」

「旦那、いけませんや。それは聞かなかったことにいたしやすぜ」

「うむ。そなたはお上の御用を受けておるのだったなあ。ならばいまを擁護する気持ちは分かる。それはそれで大事なことだ。だがなあ、大名屋敷が盗賊にとって入りやすい理由はもっとあるぞ」

「えっ、どんな」

「武家はな、外見は大門に高塀と厳《いかめ》しいが、中に入ってしまえばその逆だ」

「たるんでいるんで？」

「いや、そうではない」

「だったら、その逆ってえのは？」

「形式が過ぎるのよ。あの建物の中ではのう、表と奥の経界《けいかい》が厳《げん》で口々の締まりも実によく行き届いておる。それも杓子定規《しやくしじようぎ》におこなう仕癖《しぐせ》がついてしまっておってのう、窮屈だからといって改めることは誰にもできない。殿さまにも家老にもだ。そこにはただ、昔からの家格ときのうにつづくきょうがあるだけで、急な変化に対する措置ができない。盗賊に対してもそれが言えるのさ」

周囲は聞き入っている。真吾はつづけた。

「だから、屋根から奥方や姫と腰元ばかりの長局《ながつぼね》に曲者が入り、見咎められて騒ぎになっても、表方《おもてがた》の侍衆は遠慮してなかなか奥には入らない。ただとまどい、入っても相当時間がたってからだ。そのあいだに押し入った者はさっさと逃げてしまう。まるで逃げる時間を与えてやっているようなものだ。おそらく鼠小僧とやらはそれをよく知っていて、大名家や高禄の旗本屋敷ばかりを狙うのであろうよ。まるでいまの世が生んだ仇花《あだばな》ではないか。大名家の者が鼠を捕まえたければ、つまりだ」

「世の仕組を、ですかい。旦那の話はよく分かりやしたが、行き着く先はいつもそこだ。危なくって聞いちゃいられねえ」

他の飯台に客はもういない。清次が調理場から出てきて、

「おミネさん。そろそろ上がりなよ。太一はきょうもよくやってくれた」

「そう、ならば」

おミネは疲れた顔をした太一の手を引いて帰った。すでに五ツ半（およそ午後九時）のころになっている。志乃が外の暖簾をはずし、清次につづいて座に加わった。

源造は酔いが醒めたようだ。

「まあ、そんな顔をするな。おまえの仕事はいまの世の無事を慥《しか》と守ることで、立派なものだ。それよりも、次郎吉さんといったね」

真吾はいつになく饒舌になり、源造の立場を考えてか話題を変えた。

「へえ」

次郎吉は不意に名を呼ばれ、独酌《どくしゃく》の手をとめた。

「俺はなあ、そなたを見ていると快《こころよ》いのだ」

「えっ？」

「そなた、女は一人や二人ではなかろう」

「へえ、まあ」

次郎吉は恐縮したように返す。

「そこだ。前の女がどんなだかは知らぬ。だがな、おケイさんを囲うにあたり」

「まっ、囲うだなんて」

「しっ、黙って聞け」

志乃が口を入れたのへ清次が叱責した。

「ま、そのようなものだろう。だがな、それをするにしても三行半を書き、けじめをつけてからというのに感心するのだ。並の男にできることではない」

「滅相もありやせん」

次郎吉はあらためて独酌の杯をぐいと呷《あお》り、

「女は三、四人おりやす。そのたびに三行半を出し、けじめはつけておりやす。ですが、面倒はそのあとも見て、路頭に迷わすようなことはいたしておりやせん」

「えぇ?」

これには清次も驚き、

「ずっとかね」

「いえ。女がもういいと言うまで」

「おめえ、おかしいのじゃねえのか。よくそんな律儀《りちぎ》に、それに金が」

源造が揶揄《やゆ》するように言いかけ、とめた。火消しならやくざと似て、やりようによっては岡っ引とおなじように小遣いに困らぬことを源造は知っている。次郎吉をその類と見たようだ。

「でも小気味がいいというか、なんだかお鼠さんと通じるような」

志乃がなに気なく言った。

「火消しか。そこも通じるぜ」

源造も相槌を打つように言い、

「鼠小僧ってのは身の軽い野郎で、それに大名家に中間奉公か足軽奉公をした奴じゃねえのかってえのが奉行所の見立てよ。さっき榊原の旦那がおっしゃってたのにも合うような気がするぜ」

「そうでござんしょうか。ならば、あっしもそのなかに入りまさあ。あっしゃいまは火消しでやすが、以前は大名家に渡りの中間奉公をしてたこともあるんで」

「はははは」

源造は笑いだし、次郎吉の注いだ湯呑みを呷った。

「馬鹿言うねえ。おめえがお鼠さんなら江戸中の者ががっかりすらあ」

巷《ちまた》では鼠小僧を歌舞伎役者の菊之助か団十郎のように噂しているのを受けてのことだろう。なるほど次郎吉は、鼻は団子で下唇の分厚い目もしょぼしょぼとした小男である。

「源造さん、そんなこと」

志乃が言ったのへ、

「おかみさん、それでいいんでさあ。世間とはそんなもんでございますから」

「ん？」

言った次郎吉に、李之助は不思議な雰囲気を感じた。姿形を言われ、卑下している風でもなく、かえって安堵しているような、それでいて悶々ともしているような感じを嗅《か》ぎ取ったのだ。

同時に、

（みょうだ）

思えてきた。次郎吉が大名家に渡りの中間奉公をしていたのなら、真吾の話に相槌を打つか否定するかどちらかの反応を示しそうなものだ。だが次郎吉は黙って独酌を重ねながら、ただ凝っと聞き入っていたのだ。話し終え、真吾はもう帰り支度に入っている。

李之助は次郎吉を見つめた。次郎吉も酔眼《すいがん》でその視線に応じ、なにか感じるものがあったのか、

「李之助さんとおっしゃいましたねえ」

「あ、」

「木戸番とは、また地味な渡世《とせい》をしてなさるんですねえ」

敬語をつかい、さらに杯を重ね杢之助から視線をはずさなかった。

それは杢之助にも清次にも、ハッとするような言葉であり仕草であった。

「おっと、そろそろ火の用心にまわる時分がきたようだ」

その視線から逃れるように杢之助は言い、

「おう、そうだな。火の用心をおろそかにしちゃいけねえ。きょうはすっかりゴチになっちまった。けっこうおもしろうござんしたぜ」

源造も真吾につづいて樽椅子《たるいす》から腰を上げた。真吾はすでに、

「書き物がまだ残っていたのだが、きょうはもう無理かなあ」

言いながらおもてに顔を出し、夜風にあてていた。そろそろ四ツ（およそ午後十時）が近いようだ。木戸番が火の用心にまわり、木戸を閉める時分である。

「あっしも、時を忘れ楽しく飲ませていただきやした」

次郎吉は立ち上がるなりふらついた。

「おっと」

源造が支えなかったなら、その場にドサリと尻餅をついていたかもしれない。

真吾が振り返り、

「いい酔い方だが、帰れるかなあ」

「わたしが家まで送っていきましょう。おケイさんが待っていなさるでしょう」

清次が次郎吉の腕に肩を入れた。相当独酌を重ねたのか、足がまったく地についていない。清次に担がれるように、街道から左門町の木戸を入る次郎吉の背を源造は見つめ、

「はは、あれじゃ今夜はおケイとお楽しみというわけにはいくまい。それにしてもおもしれえ奴じゃねえか。女遍歴のたびに三行半で、そのあとまで律儀に面倒見てるたあ、初めて聞くぜ」

まんざらでもなさそうに言い、

「バンモク。これから御簞笥町じゃ木戸も閉まってらあ。向こうの木戸番を叩き起こさにゃならねえ。おまえんとこの提燈を貸せやい」

源造も杯を重ねたが、足腰はしっかりしている。さすがは御下知物探索中の岡っ引といえようか。鼠小僧はいつどこに出るか分からない。同心がこの時点にも、御簞笥町の源造の塒《ねぐら》に使い番を走らせているかもしれない。

真吾はそれぞれが散るのを見届けてから街道を横切った。街道にも脇道にも、もう点いている明かりはない。

杢之助はいったん木戸番小屋に帰ってから、ふたたびそのなかに歩み出していた。
拍子木を打った。夜風がほろ酔い加減に心地よい。
だが胸中は、
（おモトさんがいなくなると、こんどは次郎吉どんかい。何者なんだ、あの男は）
こみ上げるものを感じていた。
声を上げた。
「火のー用ー心、さっしゃりましょーっ」
また拍子木をひと打ちし、つづけて打つ。
その音が、打っている杢之助の胸に響いた。

〝鼠〟といわれた男

一

「杢さん、行ってくらあよ」

威勢のいい松次郎の声に、

「あれ？　きょうは早いじゃないか」

杢之助が木戸番小屋から顔を出すと、

「松つぁんのつき合いさ」

すこし遅れた竹五郎が腰高障子の前で、背の道具箱に景気づけの音を立てた。長屋の路地にはまだ七厘の煙がただよっている。

木戸から街道に一歩踏み出した松次郎が角顔を振り返らせ、

「きのうよ、帰りに内藤新宿のお人に出会って、きょう早めに来てくれと頼まれたのさ。いい仕事にありつけそうなんだ」

天秤棒の紐をブルルと振った。

「そういうこと。こっちにもおこぼれがありそうでよ」

丸顔の竹五郎もつづいて木戸を出た。

「おうおう」

杢之助は単《ひとえ》の着物に帯を締めたばかりだ。人の出はじめた街道に松次郎と竹五郎の背が遠ざかる。もう股引《ももひき》などはいていない。猿股《さるまた》一丁に腹当《はらあて》をし、薄手の半纏を引っかけて三尺帯をきりりと結んでいる。

天保三年の卯月《うづき》（四月）も半《なか》ばに近いとあっては、いずこももう夏支度である。次郎吉がおもての居酒屋から清次にかつがれ路地裏の一軒家に戻ってから五日ばかりを経ている。おケイが玄関まで出てきて、

「しきりに恐縮しましてねえ」

清次は言っていた。翌日の午《ひる》ごろにおケイが勘定をすませに来て、「うちの人はもう浜松町に戻り、こんど来るのはいつか分かりません」などとも言っていたそうな。

杢之助は木戸番小屋に戻り、

「まだ早いが」

呟《つぶや》きながら束子《たわし》や桶《おけ》、柄杓《ひしゃく》などの荒物をならべはじめた。

（きょうも一日、無事にすぎますように）

ならべながら念じるのが、もう何年もつづいている毎日の習慣になっている。夜遅くまで清次の居酒屋で飲んだあと新たな瓦版もなく、鼠の話で町がもちきりになることもなければ、源造も来なければ隠密同心らしい姿も見かけない。憐れな旗本がねじこんでくる懸念もない。松次郎や竹五郎たちも、内藤新宿でいい仕事をしていることだろう。客のほうから来てくれと頼まれることほど、棒手振にとって嬉しいことはない。きょうは触売《ふれうり》に町をながす時間が節約できたのだから、そのぶん早めに帰ってくるかもしれない。

そこへ、

「おう、バンモク。いるか！」

源造がだみ声を響かせたのは、外の往来人の影が長くなり、きょうも無事に一日が終りそうだと思えた時分だった。嫌な予感が脳裡をよぎった。源造の太い眉毛が、激しく上下に動いている。手に握っているのは瓦版のようだ。

「どうしたね」

李之助は手で荒物を押しのけ源造の座をつくった。

「どうもこうもあるかい」

源造はそこに腰を落とすなり、

「これを見ろい」

手を突き出した。やはり瓦版だった。皺《しわ》くちゃになっているのが源造の怒りをあらわしている。開いた。

これまでの速報性を示す、半切《はんせつ》に刷りこんだ一枚ものではなく、手のこんだ三枚重ねで隅が糊付《のりづ》けされている。もちろんそのぶん値も張り、一枚ものなら縁台のお茶一杯とおなじ三文だが、二枚摺《ず》り三枚摺りとなれば五文、七文となる。源造がわざわざ金を出して買うはずがない。往来で読売《よみうり》を見つけて没収でもするように奪ったのであろう。

「ほう」

皺を伸ばし、李之助は唸《うな》った。二枚目に絵が摺りこんであるのだ。

「感心している場合じゃねえぞ。絵もふざけてやがるが、それよりも場所と日付を見てみろやい」

源造は片方の足を膝に上げた。話しこみの構えである。

「おっ」

杢之助も声を上げ、思わず源造の顔を見た。なんと鼠小僧が入ったのは、市ヶ谷谷町の板倉屋敷で、しかも次郎吉のおごりで杢之助や源造たちが榊原真吾もまじえ清次の居酒屋で木戸を閉める時分まで飲んでいた日なのだ。

「そうよ」

源造はさもいまいましげに言う。

「この瓦版を見るまでなあ、俺はまったく知らなかった。奉行所まで知らなかったはずはねえ。だとしたら、同心の旦那は俺に話さなかったことにならあ。それが悔しくってよ。腹も立つじゃねえか」

「源造さん。大名家のことだ。板倉屋敷は上にだけ通報し、あとは内々にと話したのかもしれない。それが証拠に、やられた金額が書いてないじゃないか。ならば、同心の旦那がたも詳しくは知らされていなかったことにならあ」

杢之助は言いながらも、胸に動悸を覚えていた。遊び人の岩五郎がおモトをそそのかし、鼠を騙《かた》って入ろうとした屋敷なのだ。そこの辻番小屋に杢之助は顔を出している。もちろんそれらはおくびにも出さず、

「いいのかい、源造さん。これを持って八丁堀に駈けつけなくても」

町に不審な瓦版が出まわっておれば、いち早くそれを同心に知らせるのも岡っ引の仕事の一つである。

「誰が行くかい、わざわざあんな遠くによ。谷町はここからじゃ庭先だぜ。こいつはなあ、バンモクよ。四ツ谷近辺にも鼠の毛くらい落っこちてるかもしれねえってことだぜ。それの一本でも拾わなきゃ腹の虫が収まらねえ。腹が立つのは日付だけじゃねえぜ。入《へえ》りやがった時刻を見てみろやい」

いつもより輪をかけた源造の荒々しい言葉に、李之助はあらためて瓦版の皺を伸ばした。

「うっ」

呻《うめ》かざるを得ない。

――夜四ツの鐘を聞きながら悠然と
そこに記《しる》されているのだ。清次が次郎吉の腕に肩を入れ、源造が李之助に提燈を借りていたころに、盗賊は板倉屋敷に入っていたことになる。

「おっ。そういやあ、あのときの提燈まだ返してもらっていないぜ」

「なにぃ? くだらねえことを思い出すねえ。こんど来るとき持ってきてやらあ」

再度いまいましそうに、源造は李之助の手にある瓦版に視線を落とした。李之助がいま開いている部分は二枚目であった。絵である。半切一枚に大小の絵が二種類、解説付きで描かれている。鼠小僧の絵柄を載せた瓦版は、李之助や源造が知る限りではこれが初めてである。

「こうも近くじゃ、俺の手でよ」

言う源造に、

「こいつをかい」

李之助は応えた。絵柄は屋根の上である。腰を落とし棟瓦《むねがわら》に手をあて片方の小脇に抱えているのは千両箱か。一目で創作と分かるが、まさにいずれかへ飛び下りようとしている図はなかなかの迫力がある。黒い手拭を泥棒被《かぶ》りにした顔は、果たして歌舞伎役者の団十郎か菊之助のいずれに似せたのか目鼻がくっきりと描かれ、もう一つの小さいほうは、人か鼠かつむじ風か、屋根から庭の松の木に向かって飛んでいる。

――その身の軽さ、飛ぶ鳥か疾風《しっぷう》の如《ごと》し

注釈のように書きこまれている。

「ともかくだ、榊原の旦那も言ってなすった、武家の屋敷のなかに詳しくって、しかも身の軽いやつを找《さが》すのが一番だ。次郎吉はいまこの町にいるかい」

源造は李之助のほうへ身をよじった。

「えっ、次郎吉どんを疑ってるのかい」

「冗談言うねえ。あの小男とこの鼠とは似ても似つかねえや。訊きてえのよ、思いあたるのがいねえかって。あの野郎が浜松町にいる分にゃ向こうの同業の縄張内《しまうち》で聞き込みもままならねえ。だが、左門町に来ているとなりゃあこっちのもんよ」

「そういうことかい。待ってな、見にいってみるよ」

李之助は腰を上げるなり、

「おっ、ちょうどいい。おー、頼まれてくれ」

腰高障子の外に声を投げた。肩をいからせ木戸番小屋に入る源造を見たのだろう。一膳飯屋のおかみさんが木戸番小屋のすぐ近くまで来て、中をのぞきこもうとしていたのだ。

「なんだね。ちょいと通りかかっただけなのに」

おかみさんは敷居の中に顔を入れた。

「これだよ」

番小屋の中から李之助は瓦版を示した。一膳飯屋のおかみさんなら、刺激を与えてやれば使い走りでもなんでもするだろう。これには源造も頷いていた。

「おや、御箪笥町のお人も来ていたのかえ」

と、もっともらしく言いながら三和土に入って瓦版を手にし、

「えっ！　また出た？　あっ、これ！　そうかえ、そうだよねえ、これが鼠小僧なんだよねえ」

喰い入るように瓦版を見つめるおかみさんに源造がじれったそうに、

「いつまで見てやがる。早く行かねえか」

「えっ、どこへ？　鼠小僧を捕《とら》まえにかね、あたしが？」

「なに寝ぼけてやがる、おめえの裏手の次郎吉だ」

「え？」

「きょう来ているかどうか見てきてくれないか。来ていたら木戸番までちょいと顔を出してくれと言ってくれないか」

　杢之助がつないだ。

「えええ、次郎吉さんを？　だって、お鼠さんて、こんな人だよ」

おかみさんは自分の手にある瓦版を源造と杢之助に示した。

「馬鹿野郎、早トチリするねえ」

「つまりだね、四ツ谷界隈にそれらしいのはいない。源造さんが範囲を広げてもっと外のことも聞きたいってことさ」

「なんだ、そんなことかえ。だったら早く言いなよ。あたしも忙しいんだから」

杢之助の言うのを受け、おかみさんは敷居を外へまたごうとする。

「それは置いていきねえ」

源造が腰を浮かし、瓦版をむしるように引き取った。

「なんだい。こっちもいま仕込みで忙しいときなのに。さっき次郎吉さん、裏に来てたみたいだから声だけはかけておいてやるよ」

「すまないねえ、忙しいところ。頼むよ」

「あいよ」

おかみさんは杢之助の声を背に、往還に下駄の音を響かせていった。

「口数の減らねえ女だぜ」

源造は杢之助に向きを戻し、

「やつめ、あのとき言っていたじゃねえか、渡りの中間《ちゅうげん》をしていたって。それに火消しとくりゃあ、昔なじみに今の仲間と、つき合いは多いはずだ。そこに心当たりの一つもころがっているかもしれねえ」

「かりにそれらしいのがいても、四ツ谷の外だったらどうするね。追うかね」

「やってやらあ、尻尾がつかめそうならよ。目と鼻の先の谷町へ入《へえ》られた日に左門町で木戸番と飲んでたじゃ、みっともなくって他人《ひと》に言えるかい」

「四ツ谷じゃないぜ、あそこは」

「気色の悪いことを言うねえ。あれが四ツ谷だったとしてみろい。いまごろ俺は八丁堀の旦那から大目玉で手札を取り上げられてらあ。おめえだってお払い箱だぜ」

話しているうちに、

「御箪笥町の親分さんが来てなすってるとか」

開け放した腰高障子から声が入り、

「あ、やっぱり。一膳飯屋のおかみさんから聞きやした。あっしになにかお尋ねになりたいことがおありとか」

次郎吉が三和土にもそりと入ってきた。さすがに一膳飯屋のおかみさんはついて来てはいなかった。飲食の商いならこれから夕刻への仕込みである。他所《よそ》で油を売っている暇はない。清次もこの時刻、調理場で精を出していることだろう。

「おう、次郎吉。この前《めえ》はすっかりゴチになっちまったなあ。それにどうしたい。きょうは元気ねえじゃねえか」

実際そうだった。入ってきたようすに杢之助も「あれっ」と思ったほどだ。からだ全体に精彩がなく顔色も黒ずみ、

「ゴホン」

口を押さえて咳までした。

「夏風邪かい。だったら四、五日、浜松町の詰所に戻らず、おケイさんとこで養生していったほうがいいのじゃないのかい」

李之助は言いながら荒物を押しのけ、源造の横にもう一つ座をつくった。次郎吉が疲れたように腰を下ろすなり、

「これだ」

源造は三枚綴《つづ》りの瓦版を見せた。

「えっ、鼠小僧？　それに入ったっていうこの日付……」

「そうよ。おめえにゴチになってた日よ」

「あの日に……ですか？　鼠が……ねえ」

二枚目をめくり、

「これが鼠で……？」

しげしげと見つめ、

「なるほど、世上じゃ団十郎か菊之助などと噂しているのも頷けやすねえ。あっしと違って……いい男だ」

絵を見ながらしんみりとした表情をつくった。

「みょうな顔をするねえ。それに現場は谷町だ」

「えっ、谷町……と申しやすと？」

次郎吉は最初からわけが分からないといった表情をしている。

「おめえ、まだこの界隈になじみがねえらしいが、ここからすこし北へ」

と谷町がここから近いことを説明し、

「おめえ、お大名の屋敷にも渡り奉公をしてたことがあるって言ってたなあ」

「へえ」

次郎吉は源造の問いに返した。

大名家でも困窮してくれば大勢の奉公人を常時抱えていることはできなくなる。そこで中間も足軽も季節や必要に応じての一時雇いにして日々の費消《ひしょう》を調整せざるを得なくなる。領地から補充していたのは元禄以前のことで、以降は江戸の町に点在する口入屋《くちいれや》を通じて調達していた。そのほうが至便だったからだ。旗本屋敷では以前なら代々世襲であった用人や若党《わかとう》まで、体裁をととのえる必要があるときだけの臨時雇いでつくろうのも珍しいことではなくなっている。当然そこには忠義や忠節の観念などあるはずはない。金銭づくの日雇いなのだ。梵天帯《ぼんてんおび》一丁であちこちのお屋敷を渡り歩いていた中間が、勝手知った以前の奉公先に押し入っても、あるいは今いる屋敷で手引きをしても不思議はない。奉行所が、大名家荒らしの盗賊が中間上がりかもしれないと推測するのも根拠のないことではないのだ。しかも身の軽さから鳶《とび》の者に目をつけるのも的はずれではない。その二つを備えた次郎吉などは、聞き込みを入れる格好の相手ということになろう。源造などは内心、

（都合のいい野郎が四ツ谷に飛びこんで来やがったわい）

思っていることであろう。だが次郎吉は、

「むかしの渡りの知り合いにですかい。こんなととのった面、いやせんでしたねえ。へへ、いたらお屋敷の腰元衆が放っておきやせんや。あやかりてえ」

などと言う。屋根の上を駈けめぐることについても、

「あっしだって火消し鳶《とび》ですぜ。屋根の上なら纏《まとい》を担いで火の中でも走って見せまさあ。なんならお江戸四十八組ぜんぶ当たってみますかい。十年はかかりやすぜ」

源造は、

「ま、気にとめておいてくんねえ」

聞き込みを断念せざるを得ない。

次郎吉はまた口に手をあて、二回ほどたてつづけに乾いた咳をした。

「おっと気をつけねえ。悪いなあ、調子のよかねえときに呼び出したりして。さあ、きょうは帰《けえ》って養生しねえ。そうか、そのためにおケイさんとこに来たのか。悪かった、悪かった」

源造は腰を浮かせ、手で外のほうを示した。まだ陽は落ちていない。

「へえ」

次郎吉はゆっくりと立った。

「すまなかったねえ」

杢之助の声に次郎吉は振り返り、

「近くでございやすから」

雪駄を引きながら帰っていった。

「やはり病気みてえだなあ。あれじゃ火事のとき威勢よく飛び出せねえ。あのときの深酔いが障《さわ》ったのなら、なんだか申しわけねえ」

その背に、源造は心配げに言う。新参者の次郎吉に、相手からのふるまい酒が効いたのではあるまいが、源造は好感を持っているように見受けられる。

「源造さん、この瓦版だがよ」

杢之助は話をもとに戻した。

「なんでえ」

「こいつを売っていた読売《よみうり》はどうしたい。とっ捕まえて締め上げりゃ、種元《ねたもと》ぐらい分かったかもしれないぜ。こんな見てきたような絵まで摺りこんでいるのだから、話したやつはいるはずじゃないのかい。案外そういうところから、渡りの中間とかに行き当たるってこともあろうによ」

「それよ。やつめ、これを数枚ばらまきやがって、拾っているすきに逃げられた。つい絵柄に目を落としていたものでな」

「源造さんらしくもない」

「まあ、そう言うねえ。こんど見つけりゃあ逃がさねえ。ともかく手掛かりが欲しいのよ」

源造は言う。どこそこに河童《かっぱ》が出ただの大狸が人を化かしただのと他愛のない種なら読売はおもしろおかしく鳴り物入りで堂々と売っているが、法度《はっと》に触れるものなら編笠をかぶって顔を隠し、密かに売り歩くものだ。鼠小僧に関するものは、大名家の名誉に関わるものだから法度の範疇に入る。だから岡っ引がそうした読売の現場を押さえるのはかえって難しい。

「そういうことだ。おめえも気をつけていてくんな。さ、今夜も夜まわりだ。四ツ谷にも武家屋敷が多いからなあ」

源造は腰を上げた。せっかく期待した次郎吉からはなにも得られず、太い眉毛の動きはとまっていた。このあと、清次の居酒屋に寄っていくことだろう。

その背が左門町の木戸を街道のほうへ出るのを、松次郎と竹五郎が長屋の陰から見送っていた。内藤新宿から帰ってくると開け放された障子戸のあいだから源造の姿が見えたものだから、そっと前を素通りして長屋に戻り、湯屋に行く用意をして源造の出るのを待っていたのだ。それも次郎吉の帰ったあとからのようだ。

「へへ、源造め。早く帰ってくれたのでそう待たずにすんだぜ」

猿股に腹当だけの姿で手拭を肩にかけ、角顔の松次郎が三和土に入ってきた。おなじ格好で丸顔の竹五郎がつづいている。陽が落ちかけ、二人は長い影を引いていた。

「なんだ、待ってたのかい。だったら湯の帰りにでも寄ればよかったのに」

杢之助はすり切れ畳の上の荒物をすべて隅にかたづけようとしていた。

「それよ。内藤新宿でおもしろいものを見たのでね」

「というよりも、聞いたんだよ、杢さん」

松次郎につづいて竹五郎もかたづけられたばかりのすり切れ畳に腰を下ろした。

「おもしろいものって、これかい」

李之助は源造がおいていったのか忘れていったのか、荒物と一緒に隅へ押しやった三枚綴りの瓦版を手に取り二人に示した。

「おっ、これ！ 谷町の板倉屋敷って書いてあるぜ。それになんでえこりゃあ。鼠ってほんとうにこんないい男なのかい」

「絵よりも松つぁん。俺たちの話、値打ちが出るんじゃないのかい」

「おっ、そうかもしれねえ」

松次郎が開いた瓦版を竹五郎がのぞきこみ、二人で話し合っている。

「どういうことなんだい」

李之助は興味を持った。

「見たんだよ、板倉屋敷の。おかしいぜ、中間のくせしやがってよ。庭先から廊下をさ。明け六ツの鐘がとっくに鳴ってるっていうのによ」

松次郎がいつもの早口で話しはじめた。

「順を追って話しねえ」

李之助は胡坐《あぐら》を組みなおした。

「そうだよ。松つぁんはいつもそうだ」

竹五郎が口を入れ、

「俺たち、きょうはいつもより早かったろう」

あらためるように話しだした。

妓楼では日の出の明け六ツの鐘が、夜っぴて遊んだ客のお引き上げの合図というのが一応の不文律となっている。この時刻をすぎると居つづけになり、散財する額も跳ね上がる。だから鐘の音とともにまだ酔眼の旦那衆も、無理やり妓《おんな》たちに見送られざるを得ない。内藤新宿では天龍寺《てんりゅうじ》がこの時ノ鐘を打っているのだが、四ツ谷左門町でもその響きがかすかに聞かれる。それが市ケ谷八幡の鐘より小半刻《こはんとき》（およそ三十分）ほど早い。内藤新宿にも大名屋敷が多く、江戸城から遠いものだから登城に遅れないようにと天竜寺が気を利かせて早めに撞《つ》いているのだ。嫖客《ひょうきゃく》たちにはこれが〝追い出しの鐘〟といってすこぶる評判が悪い。

いつもより早く左門町を出た松次郎たちでも、この鐘に合わせるのは困難だ。松次郎が「明け六ツの鐘がとっくに鳴ってるのに」と言ったのは、この内藤新宿特有の時刻をいったものである。

前日に早めに来てくれと松次郎に依頼したのは、そうした妓楼の一軒だった。裏の勝手口に訪《おとな》いを入れると。妓楼では鍋や釜、薬缶《やかん》を用意して待っていた。なるほどいままで煮炊きはどうしていたのだろうと思われるほど、きょう一日はたっぷりとかかる量であった。妓楼では一気にすべてを修繕する必要に迫られたのだろう。

裏の勝手口に顔を見せた下足番の爺さんが竹五郎にも目をやり、

「おや、羅宇屋さんも一緒かね。ちょうどいい。妓《ねえ》さんたちに聞いてみてやろう」

と、中に招き入れてくれた。裏庭である。

「おっ、あれは」

裏庭に商売道具を広げるまえに、松次郎は建物の廊下に注目した。裏庭に面している。いくらかおひねりを包んだのか、まだ居座っていた嫖客が二人、厠《かわや》のほうに歩いていた。

「な、こういう遊びもできるんだぜ」

言っているのが聞こえた。その男の顔を、松次郎は知っていた。見れば杢之助も知っているだろう。板倉屋敷の辻番小屋に出ていた中間《ちゅうげん》なのだ。

「あっ」

竹五郎も足をとめた。もう片方の男、板倉屋敷の西隣にある武蔵六浦《むさしむつうら》藩一万五千石米倉《よねくら》家の下屋敷の中間だった。竹五郎は米倉藩下屋敷の辻番小屋で、番人たちの退屈しのぎか煙管をならべるだけならべさせられ、ひやかされたことがあって腹の立つ思いをしたことがある。つい最近のことだからそのときの中間たちの顔はまだよく覚えている。そのなかの一人なのだ。

みょうである。中間風情がお殿さまのお供で座敷にまで上がることなどあり得ない。お供でついてきてもせいぜい玄関の土間までだ。かといって自分で客として登楼するには無理がある。中間の年季奉公の給金は、衣食住つきで二両二分が相場である。内藤新宿といえど妓《おんな》をはべらせて遊んだのでは、年季の給金が一晩で消えてしまうだろう。それでも足りないかもしれない。

「へい、さっそくお廊下で待たせていただきます」

と、竹五郎は廊下の脇に進んだ。広い武家屋敷や大店、妓楼では、鋳掛仕事は庭先に店開きするが、羅宇屋は裏庭の廊下に商売道具を広げることになる。このようにどんなところにでも入っていけるのだから、源造がことあるごとに「俺の下っ引になれ」と言うのも無理ないことである。

竹五郎は廊下の脇に背中の道具箱を降ろし、顔を見られぬよう身をかがめた。

厠から出てきた二人が、手水《ちょうず》の前で話しているのが聞こえた。

「どうだい。瓦版にちょいと種をながしてやったら飛びついてきやがった。これで俺は安泰よ」

「うむ、俺もその気になったぜ。ともかく今月中にな」

軽く水を流す音が聞こえ、二人は部屋のほうへ戻っていった。

煙管を持って出てきた妓に訊くと、二人はあのあとすぐ帰ったようだが、初めての客でおひねりをけっこう包んだらしく、それで追い出しの鐘が響いてからもゆっくりしていたようだ。

「どうでえ、杢さん。あいつら中間のくせしやがって、いってえなんだったんだろう。帰《けえ》ってくるとこの瓦版だ。へん、板倉屋敷かい。こいつはおもしろいぜ」

竹五郎が話し終えると、松次郎がまるで自分がすべてを話し終えたように言う。

「うむ、松つぁんに竹さん。それを御箪笥町の源造さんに話してやりゃあよろこぶかもしれないよ」

「けっ。誰が話すかい、お上の手先によ」

「そういうこと」

「おっ、もう陽が沈んだようだぜ」

「うん。帰りが暗くならないうちに」

松次郎が顔を外へ向けたのへ竹五郎もつづき、二人は同時に腰を上げ肩の手拭をかけなおした。

「そりゃあ松つぁんと竹さん、すごい話を聞きこんできましたねえ。なんとも奇妙な。心ノ臓が高鳴りますぜ」

「やはりおめえもそう思うか」

あたりはもうすっかり闇となり、街道をときおり内藤新宿からの帰りか提燈の明かりが一つ二つと揺れるのみである。源造が左門町に来た日、清次はおもての暖簾を下げたあとかならず木戸番小屋に顔を見せる。いつも杢之助に「自然のままに」などと言っている清次だが、岡っ引が左門町に来たとなれば、やはり心配なのだ。

油皿の頼りない明かりが、すり切れ畳の上に杢之助と清次の影を落としている。すき間風にときおり揺れる。外気が入ってきても、暑くも寒くも感じない、一杯引っかけながら時を過ごすのにはちょうどいい季節である。

「思いまさあね。どうせその二人は渡り者でしょう」

「たぶんな」

「鼠とやらが世上の噂をさらっているときでさあ。ふざけた中間が自分の奉公する屋敷をちょいと引っ掻きまわし」

「その種を瓦版屋にながしてやる」

「鼠と言わなくても、瓦版はおもしろおかしく鼠小僧と書きまさあ。それに絵まで……

こいつはきっと、そうとう詳しく話したに違いありませんや。まるで見てきたように
ね」

チロリを載せた盆の横に、源造が持ってきた三枚綴りの瓦版が開かれている。

「そういうところだろう。だがな、もっと気になることがあるのよ」

「またまた。取りこし苦労が始まりましたかい」

「取りこし苦労などじゃないぜ。おめえも聞いたはずだ」

「なにをで？」

「この鼠が、このように板倉屋敷の屋根を飛んだ日さ」

「あ、あれですかい。次郎吉さんが……」

「そう、それだ。儂《わし》を見つめ、地味な渡世をしてなさるって言われたときは、ドキリ
としたぜ」

「あれにはあっしも」

「だろう。次郎吉は儂に、以前のにおいを嗅《か》ぎ取ったのかもしれねえ。それができる
ということは次郎吉も……と、いうことにならねえか」

「うっ」

口にあてたばかりの清次の湯呑みから酒がこぼれた。

「考えたくは、ありやせんが」

湯呑みを口から離した。

「だが考えにゃなるめえ。それに、木戸番稼業の儂にだけ嗅ぎ取って、包丁人をやって暖簾まで張っているおまえには嗅いじゃいねえ」

「だからあっしがいつも」

「自然のままに生きてえ。だからそう努力してるんじゃねえか。それはともかくだ、きょうこれをやつが見たときの、とっさの仕草だ」

「どうでした？」

「一瞬驚いたような、すぐ次には解せぬといったような顔をつくりやがったじゃないか。普通なら、えっまたか、といった反応を見せるはずだぜ。この絵の男振りにもだ。安心したような、それでいて口元はかすかに嗤《わら》っていた。この鼠の菊之助ぶりをな。一膳飯屋のおかみさんは女だから惚れぼれと見入り、松つぁんや竹さんは端《はな》から信じねえ口振りだった。それが普通だぜ」

「……どうしやす」

「どうするって……」

にわかに答えは出てこない。もし源造がそこに気がついたなら、

「この番小屋が探りの詰所か、隠密同心の連絡処にならあ。さいわい源造は次郎吉に微塵《みじん》も疑いを持っちゃいねえ。だが油断はできねえ。ともかく次郎吉が尻尾を出すまえに、ここでなんとかしなくちゃなるめえ。おモトさんのときのようにな」

「そりゃあ、まあ、そうですが。大きすぎやしませんか、話が」

「うむ。大きい」

杢之助は、重苦しそうに湯呑みを口元に運んだ。

二

翌朝早く、

「杢さん、杢さん」

一膳飯屋のおかみさんが木戸番小屋に駈けてきた。下駄の音に、まだ長屋の路地で七厘に煙を立てていたおミネたちが顔を向ける。

「きのうの瓦版さ。おくれよ。店においておくとお客さんが喜ぶだろうと思ってさ」

さっきその瓦版が朝の長屋を一巡したばかりだ。

「おう、持っていきねえ」

李之助は応じた。きょうあたり、左門町の通りは鼠小僧の男振りに花が咲くことになろう。

午前《ひるまえ》だった。おケイが木戸番小屋の前を通りかかった。たもとで隠すように、小さな風呂敷包みを手に持っている。

「あ、おケイさん」

李之助は呼びとめた。ぼっとり型でも、柴垣左内の一件以来、李之助や清次とならび立ち話もするようになっている。李之助は敷居を外にまたいだ。

「次郎吉さん、まだいなさるかね」

鼠小僧の男振りが評判になっている最中《さなか》である。

「はい。数日、うちにとどまってくれるって」

「ほう、そりゃあよかったじゃないか。だが、きのう会ったとき、顔色がすぐれなかったようだが。咳までして、やはり夏風邪でも引きなさったか」

「いえ、あの人そんな簡単な」

おケイは言いかけ、口をとめた。

「どうしなすった」

「いえ、なんでも。でも、それでいいんです。そのぶん、あたしのところに長くいてくれますから」

おケイは言うと軽く会釈し、話から逃げるようにきびすを返した。その背を、路地に消えるまで杢之助は見送った。

(さっきの小さな風呂敷包み……くすりか)

ならば、

(胸のやまい)

一瞬思った。この時代、労咳《ろうがい》は不治《ふじ》のやまいである。重くはないようだが、顔色が悪くなり乾いた咳をするのがその兆候といわれている。

往還で次郎吉を見かけたのは、その翌日であった。午はすぎていたが、陽はまだ高かった。目的があって歩を進めているようでもなく、軽い着流しで左門町の通りに初夏の陽射しを求めているといった風情だった。杢之助は外まで出た。

「この前はすまなかった。どうだい、きょうはほかに誰もいないし、寄っていかないかね」

「あ、木戸番さん。ご苦労さんです」

次郎吉は歩み寄ってきた。

「源造さんは、いま噂の鼠小僧とかで、きりきりしてるもんでね」

言いながらすり切れ畳に座をつくり、

「座りなよ」

手で示し、さらに荒物を押しのけ自分の場もつくった。横ならびに座れば、互いに相手の顔を見ずに話すことになる。

「その話なら、さっきも町のお人から聞きやしたよ」

次郎吉は言いながら腰を下ろし、

「けっこう評判になっているらしく、ここで見せてもらった瓦版が種元《たねもと》になっているようでござんすねえ。一膳飯屋のおかみさんを通して」

軽く嗤《わら》っているのが、肩と肩の空間を通して感じられる。

「それよりも次郎吉どん。からだの具合はどうだね。この前の深酒《ふかざけ》が障ったのなら申しわけないが。源造さんもそう言っていたよ」

「そうじゃござんせん。浜松町で火消しの溜《たま》りに詰めてたんじゃ気も休まらず、ちょいと体調を崩しただけでござんすよ」

「ほう、それでこっちに来てなさるか。おケイさん、喜んでいなさろう。儂は気を張り詰めることもなく、ここで一年中のんびりさせてもらっておるが」

「いつからで？」

瞬時、肩のあたりに緊張が走るのを感じた。言った次郎吉も感じているはずだ。

「おまえさん、このまえ言いなすったねえ。儂が地味な渡世をしていると」

「言いやしたかね、そんなこと」

次郎吉は明らかに緊張を打ち消そうとしている。杢之助はつづけた。

「儂にそう言ったのは、おまえさんが初めてだ。言うところをみると、おまえさんも地味に生きたいと思っているんじゃないのかね。とくに、おケイさんを知ってからは」

「木戸番さん、どうしてそんなことをあっしに？」

次郎吉の肩が動いた。杢之助の顔をのぞきこもうとしたようだ。だが、途中でとまった。杢之助は三和土の狭い空間を見つめたまま、

「感じるからさ。おまえさんが儂に感じなさったようにね」

「…………」

次郎吉の肩がふたたび動きかけ、だがまたとまった。腰高障子の外に影が射したからではない。次郎吉が、みずからの意思でとめたようだ。

「あらあら、お客さんかね」

敷居をまたいだのは一膳飯屋の筋向いの女房だった。おモトがしばらくいた裏店の住人だ。

「柄杓《ひしゃく》をつい踏んづけてしまってねえ。あぁ、もったいない。新しいのを一つ」

「そのへんのを持っていきなよ」

「あ、これをもらおうかねえ」

裏店のおかみさんは柄杓を手に取ると、

「それにしても、どういうわけだい。似合ってるねえ。李さんとこちらのお人、最近一膳飯屋さんの裏手に越してきた人だろう。まるで親子みたいだよ」

「えっ。よしてくんな、冗談は」

言って顔の前で手を振ったのは李之助のほうであった。次郎吉は苦笑いしているようだ。裏店のおかみさんは代金の一文銭十二枚をすり切れ畳の上におくと、

「ただ、そう感じただけさね」

三和土を出ていった。そのうしろ姿が見えなくなるまで、木戸番小屋の中に沈黙がながれた。李之助は背筋に、ゾッと凍てつくようなものを覚えていた。おなじものを李之助は、次郎吉との空間にも漂っているのを感じ取った。

「親子みたい……か。これも、初めて言われたぜ。においかなあ、おまえさんと似たような」

「木戸番さん」

不意に次郎吉は立ち上がり、座っている杢之助と向かい合った。

「消せませんや。病気でさあ、死ぬまで治しようがない。だがね、消してくだせえ。地味な渡世なら、それができるかもしれやせん」

言うなりくるりと向きを変え往還に出た。

「杢之助さん」

木戸番さんではなく、名を呼び次郎吉は振り返った。

「あっしゃあ家を出たとき、勘当されたんでござんすよ。だから、どんなにおいを身につけようと、誰に累《るい》を及ぼすこともありやせんや。弦《つる》を放たれた矢などと言っちゃあ体裁よすぎやしょうかねえ」

ふたたびきびすを返した。

「待ちねえ。おケイさんがいなさるぜ」

次郎吉の足がとまった。

「いい女でさあ」

振り向かなかった。杢之助の視界にはすぐ他の往来人が入った。

「杢さん、これ余りものだけど清次旦那に頼まれて」

おミネが山菜の盛り合わせを運んできたのは、その日も五ツ（およそ午後八時）に近い時分だった。

「今夜も」

と、杢之助のほうから清次に言ったのは、次郎吉が帰ったあとの夕めし時だった。

「いいですねえ、男同士って」

かたわらでおミネが言ったものだった。そのおミネが事前に肴《さかな》を載せた盆を運んできたのである。まだ湯気が立っている。このあと清次が店の戸締りをし、すぐに来るはずだ。

「おっ母ア。おいらもう眠いよ」

太一がおミネの袖を引く。きょうは皿洗いの量が多かったのだろうか。

「おうおう。おめえもうすっかり一人前だなあ」

疲れた顔の太一に、杢之助は目を細めた。

「おかげさまで、あたしの仕事にもこの子の父親代わりにも恵まれたもので」

言うとき、おミネはいつも皺を刻んだ杢之助の表情をうかがうように見る。

「あ、。松つぁんも竹さんも、長屋のみんなが一家みたいなもんさ」

杢之助の言葉に、

（またはぐらかす）

淡い油皿の明かりに照らされたおミネの表情はそう言いたげに見えた。

「おっ母ア、はやくう」

太一がまたおミネの袖を引いた。

「はいはい」

おミネは敷居をまたぎ、腰高障子の桟《さん》に手をかけた。

「そのままにしときねえ」

杢之助の声を背に、おミネと太一の影は長屋の路地に消えた。

（儂に親代わりなど、かえって酷《こく》だぜ。太一にとってなあ）

長屋の闇に溶けこんだ母子の姿に、杢之助は思わざるを得ない。

「きょうは最初からぬる燗にしておきましたぜ」

清次が開いたままの障子戸から低い声を入れたのは、まだ杢之助が外の闇に視線をおいているときだった。

「おう、早いじゃねえか。さ、戸を閉めねえ」

杢之助は奥のほうに座りなおした。

言ったとおり、清次がチロリから湯呑みに注ぐものに湯気は立っていないが、手に持つとほのかな温かみがある。

「ちょうどいいぜ」

李之助は口に運んだ。風もなく、外から聞こえる物音はなにもなかった。

「やはり、さようでしたかい」

清次は聞きながら湯呑みを口にあて、盆の上に音もなくおいた。

李之助はふたたび喉を湿らせ、湯呑みを手に持ったまま、

「つまりだ。意見するより、されちまった。消してくだせえとな」

「においをですかい」

李之助がまだ手に持ったままの湯呑みに、清次はチロリの注ぎ口をあてた。瀬戸物の触れ合う小刻みな音が立った。双方は故意に顔を見合わせなかった。

「次郎吉め、死ぬまで消せねえなんて言いおった」

「それは、次郎吉さん自身のことでござんしょう」

油皿の明かりのなかに、湯呑みとチロリの注ぎ口が離れた。李之助は口に運ばず、そのまま盆の上においた。

「だがよ、向こうの裏店のおかみさん。背筋がヒヤリとしたぜ。あれが、市井《しせい》の何気ない嗅覚っていうもんかなあ。もう十年以上も前のことだぜ」

「へえ」

清次は短く返した。その顔は、いつもは「自然のままに」などと言っているが、いまは緊張を刷《は》いていた。〝市井の何気ない嗅覚〟に、やはり恐ろしさを感じたのであろう。

——白雲《しらくも》の一味

それは、決まって薄月夜か朧月《おぼろづき》の夜だった。奉行所がつけた名だった。長年にわたり、江戸市中に出没した。お縄にならなかったのは、無理をせず間をおき、押し入っても蔵を根こそぎにはせず、瓦版の種にもならないようにしていたからであろうか。だが奉行所では、白雲の一味を大盗に数えていた。

杢之助はその副将格だった。足が達者なことから飛脚の渡世を得ていたのだが、道を踏み外し、健脚と軽やかな身のこなしは盗賊の世界で生かされた。それを杢之助は、

——どうせ俺は孤児《みなしご》よ

みずからの口実にした。足を洗ったのは、入った先で仲間が一味の掟《おきて》であった〝殺さず、犯さず〟を破り、一味のかしらもそれを容認したのがきっかけだった。日本橋の呉服問屋だった。杢之助はその場で掟破りの男を足の一撃で斃《たお》した。

『ふざけやがって』

そやつの仲間が李之助に向かってきた。それを刺したのが清次だった。そのとき、清次の顔を覆っていた黒い手拭がはずれた。以前は武州川越《ぶしゅうかわごえ》で船頭をしていたという。

李之助と似た生い立ちを送ってきたようだ。

押し入った先での思わぬ事態に、かしらは呉服問屋の女中一人を刺した。

『清次の顔を見た』

からだった。目撃した女中はもう一人いた。覆面のかしらとむき出しになった清次の顔を交互に見、ただ悲鳴も上げられぬほどに驚愕している。さらにその女中をかしらは刺そうとした。とっさに、

『許しておくんなせえっ』

李之助は匕首《あいくち》の切っ先をかしらの脾腹《ひばら》に送りこんだ。女中は助かった。その場に崩れ落ちたのは気を失ったからであろう。あと二人の仲間が駈けつけた。事態を察したか、李之助と清次に向かってきた。

『逃げるぞ』

李之助は清次をうながした。走った。闇のなかを、ただひたすらに駈けた。清次と李之助は離ればなれになった。

奉行所は路上に二つの死体を見つけた。いずれも盗《ぬす》っ人《と》装束だった。女中が奉行所

に呼ばれ死に顔をあらためたが、そこに清次の顔はなかった。だが生きているであろう清次の顔が、人相書きになることはなかった。

　李之助は左門町の南側の寺町に逃げこみ、長安寺の寺男に口糊《くちこ》しの道を得、墓掘り人足となってひたすら墓を掘りつづけた。これまで生きてきたにおいを消すためである。左門町の木戸番小屋に空きができ、和尚の口利きでそこに入ったのも、市井のなかに己《おの》れを隠し、町の水にかつて染みついた垢《あか》をぬぐいさるためだった。

「そこへ、大川の船宿で船頭と包丁人をしていたあっしがころがりこんで来やして」

「儂を一人にしておけねえなどと、世話が過ぎるぜ」

「うまい具合に、おもてに空き家があったものでして」

「それにしても、つれ添っていた女房どのがあのときの女中だったとは、儂は度肝を抜かれる思いだったぜ」

「それはあっしのほうでさ。お客を上野池之端《うえのいけのはた》に運び、そこの料理茶屋であのときの女中が仲居をしているのを見たときは、心ノ臓がとまりそうでしたぜ」

　ふたりはもう何度話しながら酌み交わしたであろうか。そのたびに、

（おれたちはなんと因果なことを）

　飲む酒に苦く全身を刺されるのは、いまなおお変わらぬことである。

「次郎吉が言ってやがったが、死ぬまで……かもしれねえなあ」

「だからなおさら、この町で静かに」

「それを思えばこそ、気が休まらねえんじゃないか。次郎吉か……みょうなのがまた左門町にころがりこんで来やがったものだ」

「どうしやす」

清次の目は杢之助を見つめた。

「どうもこうもねえ。来たものは仕方がねえさ。おめえは動くんじゃねえぞ。成り行きのなかで、なんとか収めなきゃならねえ。きょうは、それを言いたかったのよ」

「ですが」

「分かってくれ。包丁人として、志乃さんと所帯を持ち、暖簾まで張ってまっとうに生きてくれているおめえがいるからこそ、儂は心休まるのじゃねえか。だから次郎吉だって、おめえからはにおいを嗅ぎ取れなかったんだ。みょうに動いて、次郎吉だろうが誰だろうが、おめえが微塵も気取《けど》られるようなことがあっちゃならねえ。なにもかも知っている志乃さんのほうが、よっぽど腹が据わってるぜ。見習いねえ」

「へえ」

街道のほうから、酔っ払いの声が聞こえてきた。遊びから戻る酔客であろう。

「ふむ。もうそろそろ火の用心にまわるころかな」

皿もチロリも、もう空になっていた。

杢之助はまた一人になった。

(なにが病気だ)

腹が立ってくる。

(親に勘当された? ちゃんといるのじゃねえか……親が)

思わずにはいられない。

次郎吉の身状《みじょう》である。

市井に埋もれ、以前を洗いながそうとする杢之助にとって、もう一つの励ましは太一の存在だった。

長安寺で墓掘り人足をしていたとき、その小さな門前町の裏店で饅頭《まんじゅう》職人していた男の女房がおミネだったのだ。ときおりくれる饅頭に、杢之助は市井の味を嚙み締めたものだった。その感触は、土蔵に押し入り何百両ものお宝を手にしたときよりも勝《まさ》るものであった。勝るというよりも、比べようのないものだった。

そのおミネが亭主に死に別れ、まだヨチヨチ歩きもできない太一を抱いて左門町の裏店にころがりこんで来たのは、李之助がそこの木戸番小屋に入ったあとだった。

『縁があるんだねえ、あんたとは』

太一を抱き、おミネは笑っていた。李之助が木戸番小屋で安らぎを覚えるようになったのは、太一が遊びにきて元飛脚であった自分の膝に乗り、諸国の話をせがむようになってからだった。李之助は話した。裏側から見た富士山の景色、橋がなく人の肩に乗って渡る川、軒下まで雪が積もる北国と、太一はそれらの一つひとつに興味を持った。いずれも李之助がまっとうに生きていた時代の話なのだ。太一が話を聞きながら寝こんでしまい、朝になってからおミネが迎えにくることもあった。その寝顔を見ながら、李之助はいつも思ったものだった。

(おめえはいいなあ。おっ母さんがいて)

実際に、太一は恵まれていた。母親だけではなく李之助がいて、長屋には松次郎や竹五郎もいる。まさにすべてが一家で、太一は長屋のすべてでも木戸番小屋も自分の家のようにふるまっている。これほど大らかなことはない。道の踏み外しようがない。

(おめえも、ここに埋もれる気はねえかい)

李之助は次郎吉に言いたかった。おモトの例も話したかった。だが、

(話すわけにはいかねえ)

三

日に日に夏めいてくる。もちろん雨の日もあったが、それもひと雨ごとに夏を引き寄せている風情である。すでに卯月は終りに近く、あと数日で皐月《さつき》（五月）とあっては、夏めくというよりすでに真夏といったほうがよいかもしれない。

「しばらくいたと思ったら、またいなくなったよ。おケイさんのこれさあ」

一膳飯屋のおかみさんが単《ひとえ》の胸の襟《えり》をパタパタと動かしながら木戸番小屋をのぞきこみ、親指を立てた。おケイの介護と養生が効いて咳が出なくなったのか、次郎吉はまたいなくなったようだ。

「でもおケイさん、十分な手当てを貰っているようだから、かえってのんびりできるかもしれないけどね。ほんと羨《うらや》ましいよ、あたしゃ」

などとも言っていた。

そのおケイがひょっこりと、

「あのう、木戸番さん」

と、遠慮気味に木戸番小屋に顔を見せた。陽はすっかり昇り、松次郎や竹五郎たちはとっくに木戸を抜け、太一を見送ったおミネも街道の縁台の客にお茶を運んでいるころである。

「おや、どうしたね。浮かぬ顔をして」

おケイはそのとおりの表情だった。

「うちの人、ここに立ち寄りませんでしたか」

敷居をまたぎ、三和土に立ってから言う。次郎吉が左門町で立ち寄るところといえば、この木戸番小屋か清次の居酒屋だけであることを、おケイは知っている。

「いや、来ていないが。次郎吉さん、また左門町へ戻りなさったのかね」

杢之助は胡坐の腰を浮かせ、すり切れ畳におケイの座る場をつくった。

「あんたとは、まだゆっくり話をしたことがないねえ」

手で示す杢之助におケイはすんなりと応じた。遠慮するかと思ったが、杢之助にはかえってそれが意外であった。

(なにか異変が)

思えてくる。

「昨夜遅くあの人が来て、けさ早くまた出ていったのです。これを書いて」

おケイはふところから紙片を取り出し、開いた。半紙の大きさだった。杢之助は視

線を落とし、

「ん？　これは」

「そうなんです」

おケイは当惑したように言う。一目で分かる。三行半《みくだりはん》だった。

離縁之事
其方《そのほう》ケイに付《つき》　離縁致し　候《そうろう》
然《しか》る上は何処《いずこ》に嫁《か》し候とも
此方《こなた》に於《おい》て差構《さしかまえ》無之候　依《より》て
離縁之一札　如件《くだんのごとし》

きのうの日付でおケイの宛名と次郎吉の署名がある。

これがあれば勘当の手続きと同様、犯罪でも借財でも一切累も責も及ばない。李之助はおケイの顔に視線を戻した。

「あの人は言うんです」

「なんて」

「おまえを浜松町から貰い受けたのは……あたしを水茶屋のしがらみから解くためだった……と」

『おめえ、郷里《くに》は常陸《ひたち》だったなあ。身寄りがまだあるなら、帰《けえ》ったほうがいいのじゃねえか。お江戸は、おめえが住むところじゃねえぜ』

次郎吉は言ったという。

「それに旅費も、向こう二年も三年も、このお江戸でだって暮らし向きが立つほどのお宝と一緒に」

「この離縁状をかい」

李之助はおケイから視線をそらさなかった。おケイの眼も同様に動かず、李之助の双眸《め》を受けとめている。

（ぼっとり型にしちゃあ、根性が据わってるなあ）

その一本となった線上に思えてくる。修辞を加えず、李之助は感じたままを舌頭に乗せた。

「次郎吉どんがどこまでおまえさんに惚れていたかどうかは知らねえ。だが、あの男が心底《しんそこ》おまえさんの将来《さき》を思っていることに間違いはねえ。そこに一分の割引も水増しもねえはずだ、おケイさん」

「ですが」

おケイは身を乗り出すように上体をよじった。

「あの人、単に浜松町の詰所に戻っただけでなく、どこか手の届かぬところへ」

その心当たりを問いに来たのだ。

「そうさなあ。もう、帰って来ないかもしれねえ。報《むく》いてやんなよ、おケイさん。次郎吉という男の想いによう」

「でもあの人……また咳をしていたのが心配で」

開け放された腰高障子の空間を、下駄の音とともに人の影が埋めた。近所のおかみさんが荒物を買いに来たのだ。おケイはそっと次郎吉の離縁状をたたみ、ふたたびふところに忍ばせた。

「それ、大事にとっとくんだぜ」

腰を上げたおケイに杢之助は言った。おケイはかすかに頷いた。

腰高障子に源造の影が立ったのは、その日の午すぎ、そろそろ八ツの鐘が鳴り、手習い処に子供たちの歓声が上がろうかという時分であった。

「おう、バンモク」

と、三和土に立った源造の眉は小刻みに動いていた。なにかを摑《つか》んだか、あるいは策があるときの動きである。

「どうしなすった。お鼠さんでもまた出たのかい」

冗談まじりに李之助は言ったが、内心は真剣であった。次郎吉がおケイに三行半を書き、行く末をさとすようなことを吐いて去ったのはけさのことなのだ。

李之助のつくった座に、

「木戸番だからって言うわけじゃねえ。おめえだから言うんだ」

言いながら源造は腰を据えた。

「ほう」

李之助は聞く態勢をとった。それへ応じるように、源造は上体を奥のほうによじり声を落とした。

「きのうの夜だ。黒田家といって筑前秋月《ちくぜんあきづき》藩五万石の上屋敷に入《へえ》りやがった。何百両か知らねえが、まんまと持っていきやがったそうな。場所は三田《みた》だ」

「えっ」

三田といえば、浜松町の近くである。

「まったく大名屋敷のやつら、榊原の旦那が言ってたとおりだぜ。どこまで間抜けどもがそろってやがんのだ」

「お上の御用を預かっている者が、そんなこと言っていいのかい」

「よかあねえが」

源造は開け放しにした腰高障子を気にするようにチラと目を向け、

「ともかく奉行所じゃこのことを伏せ、もちろん黒田家もだ」

「もう話しているじゃないか」

「だからおまえにだけと言ってるだろが。黙って聞け。要するにだ、おもてには伏せておいて、町に瓦版が出るかどうかを見るわけだ。出ればその読売《よみうり》野郎をとっ捕まえて種元《ねたもと》を割り出し、そこから鼠をたぐり寄せようって寸法さ。すでに隠密同心がいろんなものに化けて、いっそう目を皿にしてらあ。負けちゃいられねえ。江戸中の俺の同業も血まなこよ。だからよ、おめえも気をつけていてもらいてえ。おもての清次旦那のところもあのおしゃべり飯屋もだ。全員で気を配り、この町をおめえの受け持ちとさせてもらうぜ。客のなかに瓦版を持っている野郎がいたなら、すぐ俺に知らせる手段《てだて》を取ってくれ。間に合わなきゃ、おめえが客に当たってどこに読売が出ていたか、どんな野郎だったかを聞き出しておいてくんねえ」

源造は開け放した障子戸を気にしながら話しつづける。

「場合によっちゃ、町役たちに俺からの指図だといって読売野郎を、この四ツ谷界隈ならどの町でもいい、自身番に留め置いていてくんねえ。俺がすぐさま八丁堀につなぎをとり、同心の旦那をつれてくるからよう」

岡っ引といっても十手や捕縄《とりなわ》を持たされているわけではない。奉行所の同心から私的に小遣いもらってその目となり耳となるだけで、自身番に詰めている町役たちを使嗾《そう》する権限を与えられているわけでもない。だが、その境界は曖昧《あいまい》である。縄張内にあっては十手を持った同心の分身であり、それだけ顔も利くのである。

「こうなりゃあ松次郎も竹五郎もいますぐ俺の下っ引にとは言わねえ。おめえから話して手足にし、行くさきざきで読売に気をつけさせておいてくれ。俺とのつなぎは、町の者だれを使ってもいい。できるだけ素早くだ。逃がしちゃならねえ。こいつはおめえ、読売をとっ捕まえるだけでも手柄になるぜ」

もちろん自分の手柄だろうが、板倉屋敷の件で何も知らされなかったのがよほど堪《こた》えているようだ。それに、鼠を捕まえるのは無理でも町を徘徊する読売を自身番に引くのは、網さえ張っておればできないことではない。

「分かったよ、源造さん。気をつけておくよ」

「気をつけるだけじゃだめだ。実際にやってもらわにゃあ」

　腰かけたまま源造は上体をせり出し、杢之助を見つめて言う。意気込んでいるのか、太い眉毛がせわしなく上下に動いている。市ケ谷八幡の撞《つ》く昼八ツの鐘が聞こえてきた。麦ヤ横丁の手習い処では太一たちが歓声を上げているころだろう。

「おう、もうこんな時分になったか。それなら儂も、できるだけ近辺を歩いてみらあ。誰かにつなぎを取ってもらうとき、あんたの所在がすぐ分かるようにしておいてくれ」

　杢之助は応じた。

「そうこなくっちゃ」

　源造は安心したように上体をもとに戻し、

「御簞笥町に一声入れてもらえれば、俺の居所は分かるようにしておく。いまでも、この左門町にまわるってことはちゃんと話してあるんだ」

　源造は腰を上げた。御簞笥町は街道を東に進み江戸城外濠《そとぼり》に突き当たった四ツ谷御門の前に広がる町家の一角である。左門町からは十五丁（およそ一・五粁《キロ》）ばかりで遠いとはいえない。もちろん一帯がすべて源造の縄張である。

「俺にぬかりはねえやな」

　源造は腰を上げた。話しているあいだ荒物を買いにくる者はなく、中断されずにさいわいだった。あるいは、来ようとして源造が中にいるのを見かけ遠慮したのかもしない。

「また来らあ。おめえからのつなぎを待ってるぜ」

敷居をまたいだ。影が木戸のほうに去る。この季節、障子戸を開けたままにされても気にならない。

「うーむ」

李之助は唸った。目は左門町の往還を見つめている。

(読売か)

胸中に呟いた。左門町の通りに入ってくるかもしれない。そこで押さえたなら、暫時とどめおくのは忍原横丁の自身番ではなく左門町の木戸番小屋となってしまう。

(まずい)

左門町に同心が駈けつけることになるのだ。

「とまあそういうことだ」

李之助は湯呑みを口元から離した。街道に出した縁台に腰かけ、清次と話している。

昼めし時を終えたひとときである。縁台に他の客はいない。太一がさっき、

「おっ母ア、手伝うよ」

と、調理場に入って皿洗いにかかったばかりである。

「あーら、杢さん。やっぱりこっちだったのね。おや、おもての旦那もご一緒で」

一膳飯屋のおかみさんが木戸から街道に出てきた。

「さっき番小屋をのぞいたらいないので、たぶんこっちかと思って。ねえねえ、また御簞笥町が来てたじゃない」

「あゝ、あれかい。お鼠さんに気をつけろって。それだけさ」

「なんだ、お大名家荒らしを町家で気をつけたってしょうがないじゃないの。源造さん、きっとお鼠さんに妬《や》いてんだよ。自分はげじげじ眉毛なもんだから」

まだ話したそうなのを杢之助は無視し、

「それでは、儂も源造さんには協力しますので」

杢之助は腰を上げ、清次に向かってすこし腰を折った。

「だから、こんなところで気をつけたってしょうがないと言っているのに」

おかみさんは話し足りないようだ。一膳飯屋に読売の件を話すと、それこそ左門町の通り全体が捕捉の網となり、場合によっては一騒動を引き起こすことにもなりかねない。

四

数日、動きはなかった。三田の黒田屋敷の件は厳重に外部洩れが防がれているようだ。あるいは警戒が厳になったことを知って、読売たちが外に出るのを手控えているのかもしれない。仕事から帰ってきた松次郎と竹五郎に、

「お鼠さんの噂は聞かなかったかい。またどこかのお屋敷に入ったとか」

杢之助のほうから問いかけたこともある。

「聞かねえなあ」

松次郎が言えば竹五郎も、

「いい男だってのは毎日聞くけど、新しいのは」

板倉屋敷の絵がかなり出まわっているのか、それとも勝手に似せたのを摺って売り歩いているのが幾組かいるのかもしれない。瓦版とは一定の業界があるのではなく、なにかおもしろい種《ねた》があれば遊び人や際物師《きわものし》らが数人組んで作成し、売りさばいたらさっさと解散するという類《たぐい》のものである。売れるとなれば二番煎じ、三番煎じの連中もけっこう出るのだ。だから種元を割り出すには、出まわったときの最初の読売を捕

まえる以外にない。そこに源造は神経を尖らせているのだ。

「ま、なんだね。けっこういい男らしいから、忍びこみの艶姿《あですがた》を見てみたいなんておかみさんやお女中がずいぶんいるぜ。見られるわけねえのに。かわりに谷町の板倉家ってどんな屋敷だなんてよく訊かれらあ。なあ、竹よ」

「あゝ。訊かれる、訊かれる」

松次郎が言うのへ竹五郎もしきりに頷いていた。ささやかれているのに新たなものはなく、これまでの噂ばかりのようだ。

しかし、動きはあった。また瓦版が出たのだ。月が皐月《さつき》に代わった最初の日で、その日もそろそろ街道筋の居酒屋も枝道の一膳飯屋も夕刻の書き入れ時になろうかという時分だった。

「おじちゃーん」

調理場で皿洗いをしていた太一が木戸番小屋に駈けこんできた。杢之助はちょうどすり切れ畳にならべていた荒物を隅にかたづけたところだった。

「おや、おっ母アを手伝っていたのじゃないのか」

「清次旦那が杢のおじちゃんにすぐ来てもらってくれって」

以前はおもてのおじちゃんと呼んでいたのが、最近では清次旦那と呼びはじめてい

る。店の仕事を常時手伝うようになってからだが、そうした成長にも李之助は、

「おう、おう」

と、目を細めている。

「来たらねえ、暖簾を入ってすぐの飯台に座ってる二人づれに気をつけてくれって。なんなんだい」

「さあ、なんなんだろう」

李之助は三和土に足を下ろし下駄をつっかけた。

「じゃあ、おいらさきに」

太一は番小屋裏の細い路地に身をすべりこませた。裏手から来たようだ。

李之助は街道から暖簾をくぐった。店の中はざわついていた。奥の飯台を四人ほどの客が囲みそれぞれに、

「えっ、この前とすぐ近くじゃねえか」

「この格好、こいつはおんなじやつだぜ」

口々に声を上げ、おミネまで一緒になってのぞきこんでいる。入ってすぐの飯台にさりげなく気を配った。着流しの胡散臭《うさんくさ》そうな男が二人、隣の飯台とは一線を画しているようにめしを終えたところだった。脇の樽椅子に笠がおいてある。

（読売）

すぐに感じ取った。夏場に笠は珍しくないが、着流しには似合わない。やはり顔を隠すためであろう。

「あら、杢之助さん」

おミネが杢之助に気づいた。

「きょうはここでめしでもと思って」

「それよりもこれこれ、見てよ」

言うものだから騒いでいる飯台をのぞきこんだ。

「おっ」

杢之助も声を上げた。板倉屋敷のときとおなじものであることが一目で分かった。文字の彫りがおなじなのだ。だが、文句は違っていた。

――大胆　鼠小僧　六浦《むつうら》藩米倉屋敷へも

板倉屋敷の隣である。絵もあった。構図は違っているが、やはり似たような描き方だ。白壁を背に千両箱を小脇に飛び下りた瞬間の図で、なかなかの筆致である。しかも、米倉屋敷に入ったという日が、源造から聞いた黒田屋敷の日と一日違いで前後しているのだ。

清次が調理場から顔を出していた。杢之助はさりげなくそのほうに進んだ。清次は口早に話す。

笠を小脇にふらりと入ってきた二人づれがめしを注文したという。ふところに瓦版らしいものが見えたので、めしの終りかけたころに志乃が声をかけた。他に客はいなかった。

「最後の一部だ、買うかい」

男の一人が言った。読売の帰りのようだ。清次が目配せし、

「おもしろいものならお客さん用に」

志乃が応じ、

「おもしろいぜ」

と、もう一人の男がふところから取り出したのが、いま隣の飯台で開いている瓦版だった。その賑やかな客たちは、志乃が清次に瓦版を見せようとしたところに入ってきたのだ。

二人づれの客はお代を飯台の上に置き、暖簾を出た。

「さあさあ、注文を早く」

志乃がまだ賑わっている客たちに声をかけ、

「あれ？　杢之助さん。ご飯だったのでは？」

「ちょっとな。あとでまた来るよ」

おミネの声を背に杢之助は街道に出た。二人づれが麦ヤ横丁の枝道に入ったところだった。尾《つ》けた。岡っ引の目に触れることなく用意した瓦版をすべて売り切り安心しているのか、笠を小脇に談笑しながら歩いている。御法度に触れる瓦版《もの》を読売するときにはおよそ二人が組になるのがかれらの作法だ。一人が往来人や軒端に声を入れ、もう一人は岡っ引が近くにいないかの見張り役である。いまはもうその心配がない。二人は北へ進んでいる。さっき見た瓦版は、これまで噂にもなっていなかった内容だったから、二番煎じや三番煎じなどではなく、どうやら初物のようだ。杢之助は軽い緊張を覚えた。だが源造に知らせるわけにはいかない。左門町に近いからというわけではない。さらに調べなければならないものが舞台裏にながれているのを、杢之助は感じ取っている。松次郎と竹五郎が、板倉屋敷と米倉屋敷の中間《ちゅうげん》が身丈《みたけ》に合わず内藤新宿で遊興に耽《ふけ》っていたのを見ているのだ。

往来人が少なくなった。麦ヤ横丁の町家をすぎ、武家地に入ったのだ。谷町へ行くときに通る道である。

（あの方面の住人か。こいつはますます）

思ったときである。

「おっ」

李之助は小さく声を上げた。二人づれの肩の向こうに、松次郎と竹五郎の姿が見えたのだ。胡散臭い二人づれとすれ違うかに見えた。が、双方は足をとめた。一言、二言、なにやら言葉を交わしている。もちろんいずれかが道を尋《たず》ねているようすではない。互いに顔見知りのようである。

双方は離れた。

「あれ、李さん」

「あ、ほんとだ」

すぐに松次郎が気づき、竹五郎もそれにつづいた。

「どうしたい。さっきの二人づれと知り合いかい」

「李さんこそ、どうしてこんな時分こんなところへ」

松次郎が言い、竹五郎も不思議そうな顔をする。

「実はな」

李之助は立ちどまり、話した。

「さっきの二人、左門町で見かけたのだがどうも胡散臭そうで。それでまともなやつらかどうか心配になって尾けてきたのだ。ま、なにごともなく左門町も麦ヤ横丁も出てくれたのだからそれでいいんだがな」

二人づれの背は角を曲がり、もう見えなくなっている。

「おっ、さすがは杢さん。目が高いぜ」

「そう、高い」

松次郎の言葉に竹五郎も相槌を打つ。

「どういうことだい」

二人づれの塒《ねぐら》を突きとめるより、松次郎と竹五郎の話のほうがおもしろそうだ。

「やつら、ばくち打ちの与太公だぜ。あんなのに左門町や麦ヤ横丁をうろついてもらっちゃ困らあ。杢さん、こんど町で見かけたら追い出してやんなよ。こっちから怒鳴りこんでやってもいいぜ。あいつらの塒なら知ってらあ」

「ほう、知ってるのかい。また、どうして」

松次郎の話が先走りしてまとまりがないのはいつものことである。

「このまえ、おモトさんのことで谷町をながしているときだったんだ」

これもまたいつものように竹五郎が補足するように話しだした。

「さっきの二人から不意に声をかけられ、近くの武家屋敷の中間部屋で賭場《とば》を開帳しているから、遊んでいかないかなどと。谷町の奥の裏店だった。そこがあいつらの塒らしくてね」

「そうなんだよ。あいつらの塒などより、武家屋敷でのご開帳さ。ま、どこでもやってるけどな。町方の手が入らねえから。もちろん俺たちゃ断ったがね」

「ほう、それでさっきまた声をかけられたって寸法か」

どうやら内藤新宿で散財していた中間二人と、さっきの二人づれは接点があるようだ。もちろん、竹五郎が聞いた中間二人の会話は、資金の出どころが賭場で得られるようなチャチなものでないことを示している。賭場は単なる接触の場であろう。

「あっちこっちのお客からあんまり板倉屋敷のことを聞かれるもんだから、きょうもちょいとその方面をながしたんだがね。帰りにまたあいつらに会うとは思わなかったぜ。それよりも杢さんよう」

松次郎が角張った顔に目を輝かせ、

「行ったかいがあったぜ。ま、帰りながら話そうや」

「そう、そうなんだ」

丸顔の竹五郎がまた相槌を打ち、杢之助は引き返すかたちになった。

歩きながら松次郎と竹五郎が交互に話す。

「入ったんだよ、入ったんだってよ。鼠小僧さ。こんどはどこだと思う」

「驚いたよ。あの板倉屋敷と白壁の路地を隔《へだ》てただけの米倉屋敷だ。瓦版も見せてもらった」

「まったく大胆じゃねえか。あれからさほど日も経っていねえというのにお隣さんへ入るとは。それに絵がよう、また出てやがった。悔しいが、やっぱりいい男だったぜ」

さきほどの与太二人は、地元でも読売をやったようだ。三人の足はもう麦ヤ横丁を抜けようとしていた。竹五郎の背の道具箱が、歩に合わせてカチャカチャと音を立てている。

「その瓦版なあ、この界隈にも出まわっていたよ」

「えっ、もう？　だろうなあ。こんなおもしれえ話またとねえからよ」

「そう、谷町のお人ら、大喜びで、一目見たかったなんて言ってた」

街道を横切った。陽はもう落ちかけている。松次郎と竹五郎は木戸番小屋に商売道具をおいてそのまま湯屋に行った。湯舟では鼠小僧の新たな出没に話が沸き立つことであろう。

夜更けてから、清次の姿はやはり木戸番小屋の中にあった。

源造が言っていた三田の黒田屋敷の件はおもてに出ず、まったく別の米倉屋敷の一件が瓦版でながされたのだ。しかも隣接する板倉屋敷のときと酷似する内容である。

「杢之助さん、いくら鼠でも二日つづけてとは考えられませんや。やはり黒田屋敷と米倉屋敷は別物ですぜ。それに板倉屋敷と米倉屋敷は、名が似ているからといっちゃ洒落《しゃれ》にもなりやせんが入ったのはおなじ野郎で、それを故意にながして鼠の仕業と見せかける」

「おめえもそう思うかい。その接点があのあたりでご開帳の賭場ということに」

「そのようで。きょううちに来た二人づれの与太は、お宝を手にした奴らにうまく踊らされた三枚目……ということに。ともかく松つぁんと竹さんが、あの二人の塒を知っていたのは、いずれなにかの役に立ちそうな……」

「の……ようだな」

杢之助は湯呑みをゆっくり口に運んだ。油皿の淡い炎が揺れた。

その翌日、

「やい、バンモク」

と、源造が左門町の木戸番小屋の敷居に立ったのは言うまでもない。

「あゝ、出まわっているようだなあ。儂も見たよ」

とぼける杢之助に、

「なにが出まわっているだ、あれほど言っておいたによ。おめえの目は節穴《ふしあな》で、耳は木偶《でく》でできてるのかよ」

手繰《たぐ》るべき糸をつかめなかったのを、杢之助の所為《せい》のように言う。杢之助はそこに反発はしない。

（すまねえ）

思うものがあるのだ。

（御用聞きのおめえさんに、この町で派手に動いてもらうわけにはいかねえのだ）

胸中に言っていた。

その数日後であった。互いのそうした思いを一瞬に吹き飛ばす風が江戸の町に吹いた。幾種類もの瓦版が舞ったのだ。御法度などではない。奉行所が種元そのものだったのだ。

五

四、五人が組になり、一人が三味線をかき鳴らし道行く人の耳目を集め、声の大きな者が、
「さあさ捕まったよ捕まった。ついに御用だ、これまでだ。お鼠さまも永久《とわ》ならず」

抑揚をつけて口上を述べる。他の者が、

「三文三文。詳しくはこれだよ、これ」

群がる男や女に売りさばいている。

天保三年皐月(五月)九日の夕刻であった。それは左門町の街道筋にも出ていた。八日の夜、鼠小僧がついに捕縛されたというのである。入られた大名屋敷が取り押さえ、連絡を受けた奉行所の同心が藩邸の外で待ち受け縄を打ったのだ。町奉行所にとっては犯人を引き取っただけの門前取《もんぜんどり》とはいえ、火盗改や八州廻の手に落ちなかったのは安堵すべきものであった。身柄の拘束に横槍が入らぬよう、夜明けを待たずに奉行所の同心たちは配下の岡っ引を呼び集め、

「捕まえたぞ。おまえたちの必死の探索もあってこの日が迎えられたのだ」

労をねぎらうように話す。

「俺たちが追いつめたのだぞ」

夜明けとともに岡っ引たちは町々に吹聴する。日ごろ町場に慣れている町奉行所の喧伝《けんでん》の速さは、火盗改や八州廻の及ぶものではない。気づいたころには江戸市中に鼠小僧が奉行所の手に落ちたと出まわっているのだ。

そのダメ押しというべきか、町の与太で色気のある者が彫り師を急かせ摺り師を確保し、町々に走り出たのがその日の夕刻だったのだ。きのうまでとは異なり、いわば読売たちは取締りの対象ではなく逆にお上の手に後押しされているのだ。読売たちにとっては一枚でも多く売るには時間との競争であり、板倉屋敷や米倉屋敷の一件を摺った連中のように挿絵など入れる余裕はない。いずれもが文字だけの一枚物であった。人々はさらに詳しい内容を知ろうと競うように買った。それらの声のなかを杢之助は街道に走り、志乃も暖簾から走り出てきた。三味線の音を耳にした一膳飯屋のおかみさんなどは、

「ちょいと、ちょいと、待ってよ」

つぎへ急ごうとする読売を下駄の音もけたたましく追いかけた。杢之助は縁台に座って瓦版を見た。

おミネが、

「どこで捕まったの」

おミネがのぞきこむ。大八車を牽《ひ》いていた頬被《ほおかぶ》りの人足まで、

「ほんとかね。聞かせてくれ」

と足をとめる。居酒屋の中でも飯台のまわりに客たちが集まっている。

「あっ」

声を上げた。

——次郎吉
文字が浮かんでいたのだ。だが、火消しとは書いていなかった。め組の棟梁がいち早く、

「そのような者はおりませぬ。とっくに放逐してございます」

と、奉行所に手を打ったのだろう。瓦版には次郎吉に縄を打った役人の名が〝北町奉行所同心大谷木七兵衛《おおやぎしちべえ》〟と記《しる》されている。このことからも種元が奉行所であることが分かる。

瓦版は記《しる》している。場所は日本橋浜町《はまちよう》にある上野《こうずけ》(群馬県)小幡《おばた》藩二万石松平《まつだいら》家の中屋敷で、天井裏から女ばかりの長局《ながつぼね》に忍び入ったものの、咳をして所在がばれてしまったらしい。用心を重ねていた腰元たちが薙刀《なぎなた》を持って騒ぎだし、裏庭に飛び下

りたところを駈けつけた表方《おもてがた》の侍《さむらい》たちに取り囲まれ、ただ身が軽いだけで武術の心得があるわけではなく、なんなく押さえこまれてしまったのだった。

八丁堀の大番屋に引かれ、牢問《ろうとい》にかけられるまでもなく「鼠小僧だな。相違ないか」と問われ、

「相違ございませぬ」

次郎吉は答えたという。

——その態度神妙にして泰然自若《たいぜんじじゃく》とし、大盗《だいとう》の風格之有《これあり》

などと摺り文字は伝えている。同心から話を聞き町家にながした岡っ引たちは直接次郎吉を見たわけではない。唯一顔を知っている者は御箪笥町の源造一人なのだ。その源造にしてもいまはまだ、

（まさか）

と半信半疑のはずである。

岡っ引たちから手柄話のように聞いた町の衆には、すでに流布されている団十郎か菊之助かといった男振りが念頭にある。手早くつくる紙面には自然その思いが文面に滲《にじ》み出てくる。読むほうはさらにそれを増幅させることであろう。

「うーむ」

杢之助は唸り、

「おミネさん、ほれ。鼠小僧はやはりいい男のようだ」

腰を上げ、木戸番小屋に向かった。おミネは頷いていた。

木戸番小屋に入ると、いつも腰高障子を開け放している季節というのに、無意識に閉めていた。みずからその行為に気づき、ハッとする。背筋には戦慄が走っていた。

次郎吉への取調べはこれから始まる。これまでの行状が一つひとつ検証されることになるだろう。

——そこに左門町が浮上する

松次郎と竹五郎が帰ってきた。

「見たかい、杢さん！」

と、また別種の瓦版を手にしていた。幾種類も出まわっているのだ。内容に変わりはなかった。

「どんな面だろうねえ。このまえ出ていたのとおなじかねえ。拝みたかったぜ」

松次郎も竹五郎も、次郎吉の顔を直接知らないのだ。

夕闇が降りてきた。木戸番小屋の前を通りかかった町内のおかみさんが、

「名前はおなじみたいだけど、似ても似つかないだろうねえ」

などと言っていた。感づいていないようだ。以前に男振りのいい瓦版が出た賜物《たまもの》かもしれない。

（おケイはどうしてる）

気になってくる。当然、気づいているはずだ。

往還に人通りが絶えてから、火の用心にまわるふりをして一膳飯屋と印判屋の狭い路地に入った。明かりはなかったが、人の気配はあった。そうしたことを感じ取るのに杢之助は長《た》けている。次郎吉もおなじであったろう。

「いなさるか」

格子戸越しに声を入れると、障子の向こうから息遣いが伝わってきた。さらに声を押し殺した。

「離縁状を持っていなさろう。このまま凝っとしていなせえ。ただ静かに」

それは、自分自身に言いたい言葉であった。

かすかな反応があった。

「心得ております。それが、うちの人の気持ちでもあるのです」

「うむ」

杢之助は低く頷き、ゆっくりと格子戸の前を離れた。狭い路地を戻りながら、

（強い……これが、ぼっとり型というのか）

思えてくる。同時に、

（さすがは、次郎吉が最期に選んだ女）

木戸の通りに出た。

「火のー用心」

拍子木の硬い音が響いた。

六

待った。街道に、きのうにつづいて二番煎じの瓦版が出ている。きのうもそうだったが、それらのなかに、板倉屋敷と米倉屋敷の三枚綴りを売っていた与太二人の顔はなかった。やはり連中は、松次郎と竹五郎が内藤新宿で見た中間を種元にした、まったく別種のものだったのだろう。

杢之助は左門町を出て麦ヤ横丁から忍原横丁、さらに大木戸のあたりまでと歩いた。あした、あさってには二番煎じにつづいて三番煎じも出ようか。そのようなものに用はない。見たいのは、取調べの内容を伝える新たな一番煎じである。まだ早いかもし

れない。それよりも源造だ。いい男振りの噂に惑わされ、

――名はおなじだが別人

などと思うほど頓馬《とんま》ではない。

街道から戻ってくると、待っていたように一膳飯屋のおかみさんが来た。

「裏の次郎吉さん、しばらく左門町には来られないだろうねえ。片や菊之助か団十郎かっていうほどなのに、あっしも次郎吉でございなんてあのご面相じゃ人前に出られっこないよ。あらあら内緒だよ、おケイさんには」

「そうかもしれないね。そのとおりだよ」

杢之助は返した。なによりも、鼠小僧が板倉屋敷に入った日、次郎吉は左門町にいたのである。名がおなじだからと重ねる者がいたとしても、当面は否定することができようか。

源造は来なかった。来られないのかもしれない。次郎吉の供述の裏をとるため動員されて忙しいというのではない。鼠小僧と何度も顔を合わせていて気がつかなかったなど、町内では気づく者がいないとしても、岡っ引として恥ずかしいことこの上なかろう。御簞笥町の塒から一歩も外に出られないのかもしれない。

その源造から連絡があったのは、鼠小僧の門前取より十日以上も経てからであった。御箪笥町の若い者が左門町の木戸番小屋の腰高障子を叩き、

「源造さんが来てもらいたいと言ってなさるが」

伝えてきたのだ。杢之助は下駄をつっかけた。途中で昼八ツの鐘を聞いた。四ツ谷御門前といっても街道から脇道に入った小間物屋とあってはそれほど大した構えではない。屋号もあるかないか分からないほどの店だ。源造の女房が店の板間に座っていた。年増だが若いころは色っぽかったことをうかがわせる風情をのこしている。だが、ここ十日あまりの源造を反映してか落ちこんでいる。杢之助の顔を見ると奥へと手で示す。

源造は待っていた。眉毛が動いていない。

「どうしなすった。ずっと引きこもりのようだが」

小さいながらも裏庭がある。濡れ縁に腰かけ、毎日ずっとこの庭を見ていたのかもしれない。

「言うねい、それを」

言葉に力がない。

「それよりもおめえのほうこそ、あの門前取のあとすぐにでもすっ飛んでくるかと

思ったんだが、待ってたんだぜ。瓦版、見なかったのか」

「見たくなくても目に入るよ。ああも派手に出まわったんじゃ」

「だろうよ。そこでおめえを呼んだのは他でもねえ。あのあと、隠密同心みてえのが左門町をうろついていねえかい」

それを確かめたかったようだ。源造の女房が茶を運んできた。話は中断せずつづいた。夫婦間になんの隠し事もないことがうかがえる。だから女房は店に出ても落ちこんでいたのだろう。それが杢之助にはいささか羨ましくも思えた。

「おう、バンモク。なにをボウッとしてる。聞いてねえのか」

「聞いてるよ。そんなことを儂に訊くのはお門違《かどちが》いじゃないのか。八丁堀で訊きゃあ分かることじゃないか」

「そんなこと、俺のほうから訊けるわけねえだろう。わざわざ、なんとかの上塗りなどできるかい。みっともねえ」

「源造さん。言ってねえのかい、八丁堀に」

「やい！　分かってんだろうが。てめえから言えねえことぐらい。おめえだって同罪なんだぜ。あれが左門町に出入りしていたことがはっきりすりゃあ」

源造はいらついた口調になった。そこに〝次郎吉〟の名はもちろん〝鼠小僧〟という言葉さえ出さない。

——おめえだって同罪
それは杢之助も、源造からわざわざ言われなくても分かっている。つい役者のようないい男との噂に惑わされて、などといった愚《おろ》かな言い訳など八丁堀で通用するはずはない。場合によっては、それこそ源造は同心から手札を取り上げられ、杢之助は木戸番小屋を追い出されることになるかもしれないのである。

「毎日が、針のムシロだぜ」

源造はあらためて力を落とした。

「ということは、取調べはどこまで」

「まだ左門町やおケイにまでは至っていねえようだ。なにしろ中身が多すぎて。だがな、そこにたどりつくのは時間の問題だぜ」

まさにそうである。

店場のほうから、

「おまえさん。お茶、お代わりしますか」

聞こえてきた。源造の女房も心配なのであろう。

「うるせえ」

源造は返した。店場は沈黙した。重苦しい空気がながれる。

「源造さん」

裏庭に落としていた目を源造に向けた。

「なんでえ」

源造は杢之助の視線を受けた。

「おかしいと思わねえかい」

「なにがだ」

「あの日だ。おもての居酒屋で一緒に飲んだ」

「馬鹿野郎。あれがあるから、なおさらまずいんじゃねえか」

「そんなことじゃない。谷町の板倉屋敷に入ったのは」

「おっと、バンモク。分かってらあ。別口がいやがるかもしれねえってことだろ。それなら俺も考えたわさ。榊原の旦那の話じゃねえが、一番入《へえ》りやすいのはその中にいるやつだってこともなあ」

源造も杢之助や清次とおなじ推測を立てていた。やはり岡っ引である。だが、源造は言う。

「しかしなあ、それがどうなる。十両盗めば首が飛ぶんだ。ここでやつの犯行を一つや二つ減らしたところで、打ち首は免れねえ。市中引廻しだってあらあ。なにしろ大名屋敷や高禄の旗本ばかり狙いやがったんだからなあ」

「それくらい、儂だって分かってるよ。だけどな、八丁堀の眼が左門町へ向きそうになったとき、それを谷町に向けさせる」

ここまで言ったとき杢之助はハッとし、言葉をとめた。そこは源造に感づかれてはならない一点だったのだ。だが源造は乗ってきた。

「だがよ、無理だぜ」

源造は杢之助を見つめた。

「おめえ、お取調べの現場を知らねえからそんなことが言えるんだ。俺だって見たわけじゃねえが、八丁堀の旦那が言うには、やつめ、自供するにも入った屋敷が多すぎていちいち覚えちゃいねえ。だから同心の旦那方のほうからお屋敷の名を挙げ、これもおまえかあれもおまえかと訊きなさると、ヘイヘイそうでございますなどと応えていやがるそうだ。板倉屋敷や米倉屋敷の名が出たときに、野郎がヘイヘイと首を縦に振りやがったらそれで終りだぜ。下手に突《つつ》いたらこっちが危なくならあ」

「鼠が別にいるかもしれないのだぜ」

「もちろん、そういうことにならあ。だがな、野郎一人でも何年も影さえ見せずお縄にならなかったんだぜ。これから新しいやつをなんて、俺一人でできるかい。手掛かりでもあるってんなら別だがよ」

「あるぜ」

李之助は言った。算段を立てて言ったわけではない。いつになく萎《しお》れた源造を見、それに八丁堀の眼を他所に向けさせようとしているのをつい口に出してしまったことの成り行きからである。

「どんな？」

動いていなかった源造の眉毛がビクリと上下し、

「おい、お茶を持ってこい。急須《きゅうす》ごとだ」

おもてのほうに声を投げた。大きな声だった。

「はい」

すぐ返事が返ってきた。

「内藤新宿でのことだが」

李之助は舌頭に乗せた。

源造の女房が急須を盆に載せてきた。話はつづいた。

二人の湯呑みに注ぎ、

「ごゆっくりと」

部屋を出ていった。

「うむ、松と竹がなあ。さすがどこの庭にでも出入りしていることだけはあるな」

源造は感心したように言うと湯呑みを口にあて、

「うーん」

腕を組んだ。

杢之助はつづけた。

「源造さん。松つぁんと竹さんに話し、儂も手を貸すぜ」

「ほっ。おめえからそんなこと聞くの、初めてだぜ」

「次郎吉どんのうしろで北叟笑《ほくそえ》んでいる奴がいたとしたら、儂だって許せねえぜ」

本音である。次郎吉の名を初めて出した。

(盗賊の風上にも置けねえ)

胸中に湧いた言葉を飲みこんだ。

「分かるぜ」

言った源造に杢之助はドキリとした。

だが、

「おめえだけじゃねえぞ。そういう野郎、誰だって許せねえや」

源造はつづけた。次郎吉の名を騙《かた》った者への憎しみである。

「源造さん、手柄になるかもしれねえぜ」

李之助は、普段源造の前では使わぬ伝法な言葉を舌頭に乗せていた。

「うーむ」

源造はまた腕を組み、視線を小さな庭に向けた。李之助は返答を待った。視線が室内に戻り、源造の口が動いた。

「いまの状態、分かってんだろう。尻に火がつくかもしれねえ。おめえもだぜ」

針のムシロに座っていることをまた言う。

「だから？」

李之助はとぼけた。

「こういうときはだ、じたばたするのはかえってみっともねえ。藪蛇《やぶへび》にならあ。じっと、動きを待つのが一番だぜ」

「取調べのか」

「そうよ。それが始まってからまだ十日あまりだ。そのうち話は左門町にまで進もうよ。現にやつはそこへ妾宅を構えてやがったんだからなあ。そのときこそ、板倉屋敷と米倉屋敷の話がおもしろくならあ。うまくやれば、同心の旦那方の眼を左門町を素通りさせて谷町に持っていけるかもしれねえ」

話す視線を、杢之助に据えている。なかなかのものである。

(そのときは手を借せ)

源造は言っている。

「ふむ」

杢之助は頷き、盆の湯呑みに手を伸ばした。源造もそれにつづいた。

「ま、一蓮托生のおめえと話ができ、気分が落ち着いたぜ。いい話も聞かせてもらったしな」

さきほどの萎《しお》れたようすからは、いくぶん生気を取り戻したようだ。杢之助を御箪笥町に呼んだ成果はあった。杢之助にしても思わぬ展開になったが、源造の策には納得できる。清次がいつも言っている、自然のままに……に通じるものがあるのだ。

「ともかく八丁堀に動きが、つまり、なんだ、取調べの進み具合に気がつくことがあったら、知らせてもらいたい」

腰を浮かせた。

「おめえのほうこそ、みょうなのが左門町に入った形跡があれば、すぐ知らせろやい」

源造もたたみこむように応じる。いまでは源造のほうが、奉行所の眼が左門町に向くのを警戒している。杢之助はこそばゆいものを感じながら立ち上がった。

「そうそう」

部屋を出ようとする杢之助に源造は身をよじった。

「小伝馬町の牢屋敷だがなあ」

「えっ」

杢之助は足をとめた。

「牢内では新参者がどんな目に遭うか、おめえも聞いて知ってるだろう」

「あ、話には」

「やつめ。稀代《きだい》の大泥棒ということで、牢名主が先頭に立って迎え、畳も数枚重ねて高い席をつくってもらっているというぜ。まわりの囚人どもからも畏敬《いけい》の眼で見られ、いい思いをしているらしい」

「ほう」

杢之助は頷き、二人はかすかに笑みを交わし合った。

おもてでは、源造の女房がかなり大事なことが話し合われたのを感じ取ったのか、

「うちの人がいつもお世話になって」

店の外まで出て、番太郎の杢之助に腰を折っていた。

午後の帰りは、

「お、こりゃまぶしい」

街道で西日を正面から受ける。頭に日除けの手拭を乗せ、顔をうつむけた。乾きった往還がほこりっぽい。歩を進めながら、

（源造め）

微笑ましいものが感じられてくる。もちろん事態はそんな生易しいものでないことは百も承知である。ただ、岡っ引の源造に初めて、親近感に近いものを感じたのだ。

居酒屋の縁台に馬子が二人、馬を休ませ茶をすすっていた。一日中夏日に照らされていたのでは水分の補給は欠かせない。冷や水ならかえって疲れ、汗も出ることを馬子も駕籠舁きたちもよく知っている。夏場の縁台にはそうした客がけっこう多い。

「あら、杢之助さん」

おミネが暖簾から顔をのぞかせた。

「いま太一が番小屋で留守番してますよ。あとでこっちへ来るよう言っておいてください な」

「あゝ。で、いまいるかい」

源造は親指を立てた。声が聞こえたのか、杢之助が中に入るまでもなく清次のほうから暖簾に顔を出した。

その夜も二人になり、話を聞いてから、

「きわどいかもしれやせんが、やはりそれが一番いいかも……」

清次も言っていた。

七

それからも源造は左門町に来なかった。すでに水無月《みなづき》（六月）である。杢之助は町内の動きに気を配ったが、別段注目すべきものはなかった。奉行所では次郎吉の取調べはかなり進み、裏を取るために同心たちはあちこちを走り、そのために配下の岡っ引も動員しているはずだ。だが四ツ谷が縄張の源造が駆り立てられているという話は聞かない。まだ逼塞《ひっそく》しているのだ。

ただ、感心させられるものがあった。おケイだ。まったく変わった素振りも怯《おび》えているようすも見せない。淡々と日を送っている。立ち振る舞いに先月八日の鼠小僧捕縛の前となんら違ったところを感じさせないのだ。一膳飯屋のおかみさんなどは、

「どうしたね。ご亭主の次郎吉さん、まだ恥ずかしがってあんたのところへ顔を見せないのかね。そりゃあ団十郎みたいなのに比べられたんじゃ、男は誰だって顔を引っこめたくなるさ。おまえさんだけじゃないからって言ってやりなよ。でも因果だねえ、お鼠さんとおなじ名だったなんて」

などと笑いながら言っている。おケイはかすかに笑みを返していた。

そのおケイを、杢之助はいつぞやのように木戸番小屋の前で呼びとめた。また敷居の内と外での立ち話になった。御箪笥町で源造と話して以来、おケイと立ち話をするのはこれが二回目である。前のときは、

「小伝馬町の牢内では、けっこういい待遇を受けているらしいよ」

と、源造から聞いた話を伝えたのだ。おケイもやはり、安堵の表情を見せていた。ただ、

「咳をしていないか、それが心配です」

ポツリと言ったのが、杢之助には印象的だった。やはり労咳のようだ。

二度目のいま、杢之助は訊いた。

「あんた、たしか郷里《くに》は常陸《ひたち》だったたねえ。帰らないのかい。あの男も、それを望んでいように」

おケイは李之助に視線を返し、言った。

「落着するまで江戸にいます。あの人、まだおなじ江戸の空の下に生きているのですから」

小さな声だったが、そこに威厳を李之助は感じた。

水無月がすぎ、文月《ふづき》（七月）となった。いかに次郎吉の入った大名屋敷や旗本屋敷が数知れずといっても、取調べはもうそろそろ終盤に入っていよう。だが、源造が八丁堀の同心に呼びつけられることもなければ、おケイのところに同心が自供の裏を取りに来た気配もなかった。だが、針のムシロに変わりはない。日を経るにつれ、むしろそれはいっそう源造の心身に堪《こた》えているはずだ。李之助にもそこに変わりはない。

月が替わってから間もなく、

「おう、相変わらず座ってるな」

源造が李之助のいる木戸番小屋の出入り口を埋めた。いくら音無しの構えが一番といっても、やはり痺《しび》れを切らしたのであろうか。

「暑いものでな」

と、笠をかぶっていた。どんな夏場の日照りのなかでも、岡っ引が笠をかぶって歩いているなどサマになるものではない。杢之助も、源造のそんな姿を見るのはこれが初めてだ。暑いので腰高障子は開けたままだったが、すり切れ畳に腰を落とすなり、

「板倉と米倉の中間の話、聞こうじゃねえか」

身をよじって上体を杢之助のほうにかたむけ、外には洩れない声で言った。やはり痺れを切らし、動かずにはおられなかったのだ。

杢之助は応じた。

源造は用件だけで長居はしなかった。敷居をまたぐと、すぐまた笠をかぶった。そのせいか一膳飯屋のおかみさんが源造の来たことに気づくことはなく、夏の日差しのなかに下駄の音を木戸番小屋の前に立てることもなかった。


その日、陽がかたむきかけてからだった。

「暑い、暑い。湯に行ってくらあ」

「そういうことだ」

木戸番小屋の前に商売道具一式を置くなり湯屋に行こうとする松次郎と竹五郎を杢之助は呼びとめた。

「えっ、源造と一緒に？」

李之助の話に松次郎は驚いたような声を上げ、

「そりゃあまあ李さんがそう言うのなら、俺はいいけど」

竹五郎も不承不承ながらといった顔をつくった。


翌朝である。

棒手振《ぼてふり》が長屋を出る明け六ツ半（およそ午前七時）ごろ、

「来てるかい」

いつもなら「行ってくらあ」とかける松次郎の声がきょうは違った。竹五郎も、

「あれ、いないね」

と、道具箱を背に木戸番小屋の中をのぞきこむ。

「おもてだよ」

李之助は中から木戸のほうを手で示した。

おもてでは、

「さっき顔を出したが、まだ早いせいかばたばたしてやがった。こっちのほうが落ち着かあ」

源造が街道の縁台に腰を下ろし、お茶を運んできた志乃に言っていた。もう街道に

は江戸を立つ旅姿や、大八車に荷馬も出ている。

「ほんとうにごくろうさまでございます」

志乃は丁寧に腰を折った。

木戸から松次郎と竹五郎が出てきた。

「おう」

源造は腰を上げた。

きのう源造は、

『待てねえ。俺一人でやるぜ。同心の旦那にはそれからだ』

木戸番小屋で杢之助に言ったのだ。

松次郎と竹五郎は立ちどまり、

「源造さん。言っとくが、俺たちあんたの下っ引になったわけじゃねえからな」

「そう、杢さんに頼まれたからだ」

松次郎が言うのへ竹五郎も頷き、

「なに言ってやがる。ともかく、どの面《つら》か教えるだけでいいんだ」

源造はぶっきらぼうに返し、二人を麦ヤ横丁のほうへうながした。

その三人の背を、

（頑張りなよ、源造さん）

清次が暖簾の陰から見送った。杢之助はすり切れ畳に荒物をならべている。いつもの日常どおりに過ごそうとしているのだ。

麦ヤ横丁に入った三人の足はそのまま北へ向かい、武家地に入った。谷町に向かっているのだ。

「ちゃんと覚えているんだろうなあ」

「覚えてらあ。二人ともクセのある面だったからなあ」

「あゝ」

道々、源造が言うのへ松次郎が返し、竹五郎が自信ありげに頷いていた。

坂道を上り、見えてきた。板倉屋敷の白壁である。二人はまだ触売の声を出していない。

「行ってきねえ。俺はここで待ってるぜ」

源造は辻番小屋の見える角で足をとめた。

「おう」

松次郎と竹五郎は辻番小屋に歩み寄った。源造はその背をじっと見つめている。腰高障子は開け放されたままである。二人は番人たちの顔を一人ひとり見ながら、通りすがりの挨拶か一言二言交わしただけですぐに戻ってきた。だが、話はそううまくいくものではない。

「いなかったよ」

竹五郎が言う。辻番小屋に詰めるのは交替制で、いまは屋敷内なのだろう。

三人がつぎに向かったのは、隣の米倉屋敷の番小屋だった。源造はさっきとおなじように角で待った。

松次郎が一人で戻ってきた。

「いたぜ。いま竹と話をしている。目が細くって眉毛も薄い野郎だ。さ、俺は商売、商売」

源造は頷き、竹五郎が辻番小屋を離れるのを待った。背後に、

「イカーケ、打ちやしょーっ」

松次郎の通りのいい声が聞こえてきた。

竹五郎も戻ってきた。

「見たろう。景気のいい話をしていた。もっと手の込んだ煙管《の》を持ってこいなどと、商売になりそうだが嫌な感じのやつだ」

言い、松次郎のあとを追うようにその場を離れ、

「キセールそうじ、いたーしゃしょう」

町家のほうに向かった。

源造は歩み出た。さきほどの棒手振とは異なり、肩をいからせ大股《おおまた》で近づくゲジゲジ眉毛の男に、米倉屋敷の辻番人たちは首をかしげ身構えた。思わず六尺棒に手をかける者もいる。

「おい、おまえ。なにか用か」

一人が言うのを無視し、

「おう、あんただ。名はなんという」

源造は番小屋の三和土に踏み入るなりキツネ目で細い眉毛の男に浴びせかけた。

「な、なんなんでえてめえは。ここを六浦藩一万五千石米倉家下屋敷の辻番と知ってのことか」

長椅子に座っていたキツネ目は立ち上がり一歩引いた。源造は一歩踏みこむ。こうした気魄《きはく》と間合いに源造は慣れている。番人は五人いたが、キツネ目をのぞきいずれも唖然とする表情になった。奥にもう一人いたが、その者も意表を突かれたように三和土のようすを見ている。武家の辻番小屋にとって、外から来た町人姿がかくも高飛車に出たのに驚いているのだ。その空気を看て取った源造はさらにキツネ目だけに集中し、押した。

「御用の筋だ。おめえ内藤新宿でいい遊びをしているそうじゃねえか。隠しても無駄だぜ。まわりは知ってるのかい」

周囲の番人たちに視線をぐるりとまわすとふたたびキツネ目に戻し、

「なんなら奉行所から大目付に筋を入れてもらい、おめえの面を町方のほうにちょいと貸してもらってもいいんだぜ」

口早に言う。もちろんはったりである。

「助十《すけじゅう》！　おめえさっきは値の張る煙管の話などして、いったい？」

番人仲間の一人が言い、キツネ目に顔を向けた。名が分かった。

「おう、思い出したぜ。助十だったな。一緒につるんでやがる、ほれ、この隣だ。板倉屋敷のケチな野郎はなんといった。おめえが誘ったのか」

「ち、違う。甚平《じんぺい》のほうからだ」

助十はこんな場面に慣れていないのか心の準備ができていなかったのか、つい口にしてしまった。内藤新宿での遊びを認め、相棒の名まで言ってしまったのだ。

「おう、甚平だった。おめえとおなじ渡り者だろう。どこで知り合った。以前からの仲間かい。なんならやはり、番屋に来て話してもらおうかい」

押しまくった。それなりの推測を組み立てた上で浴びせかけているのだ。キツネ目の助十はすでに顔面蒼白となり、仲間の番人たちは源造よりも助十のほうに目を向けている。源造にすれば思った以上の感触である。太い眉毛がビクビクと動きはじめた。さらに感触は追加された。奥の畳の間に座っていたのが腰を上げ、三和土に出てきたのだ。中間の木刀ではなく袴姿《はかますがた》に刀を一振り差している。足軽のようだ。屋敷の中では下《した》っ端《ぱ》武士だが、辻番小屋に出れば番頭《ばんがしら》である。

「そのほう、町方の手の者のようだが、きょうここへ来るのに筋は通しておるのか。なにも聞いておらんぞ」

「へん、そう出るだろうと思ってたぜ。筋を通さなきゃならんのはそちらさんのほうじゃねえのかい。きょうは助十の野郎がまだこの屋敷にいやがるかどうかを確かめに来ただけだ。慥《しか》と見させてもらったぜ、ほれ、そこにいることをな」

源造は助十を指差すなり敷居を大きくまたぎ、辻番小屋に背を向け悠然と雪駄に土ぼこりを立てはじめた。

「野郎」

六尺棒を手に追いかけようとする中間の番人たちを番頭の足軽が手で制し、

「助十、おまえはここを動くな。みんなもこやつを見張っておけ」

言うなり屋敷の中へ駈けこんでいった。それらが背に聞こえる。さっき歩んだ白壁の往還を源造はとって返している。名前さえ分かればあとはやりやすい。人相は来る途中に松次郎や竹五郎から聞いている。

『源造さんと松つぁんを足して半分にしたような顔だ』

竹五郎は笑いながら話したものである。

板倉屋敷の辻番小屋でもおなじだった。源造は臆することなく踏み入った。唖然とする板倉家の番人たちの顔をわざとらしく見まわし、

「この中にはいないようだなあ」

源造は吐き、

「おう、板倉家の」

その迫力に中間の番人たちは圧倒されている。

「この屋敷も鼠とやらの被害に遭ったそうだが、取調べはもう最終段階だ。そこでだ、おめえさんらに訊きてえ。渡り中間の甚平はまだ屋敷にいるのかい。ほれ、四角い面をしやがった眉の濃い野郎だ」

源造は自分の眉毛を大きく上下させた。

「どういうことだ」

袴姿の番頭が出てきて問う。すでに源造の筋書きに嵌《はま》っている。

「鼠小僧の入《へえ》った屋敷は多すぎらあ。一人じゃできねえ。手引きしたやつがいるとしか考えられねえ。それを洗ってるのよ」

「それが甚平だというのか」

番頭は不安げな表情になった。源造は勢いづいた。

「あの野郎が内藤新宿でけっこうな遊びをしていることは調べがついている。奉行所がご当家へ筋を入れる前《めえ》に、やつがまだこの屋敷にいやがるかどうかを確かめに来たのよ。さあ、答えてもらおうか」

中間の番人たちが当惑したように顔を見合わせた。思い当たる節があるのだろう。

「答えられぬ。ここは大名屋敷だ。すべては筋を通してからにしろ。帰れ」

「へん、やっぱりいそうだな。それだけ分かりゃ十分ですぜ」

源造はきびすを返した。背に慌てたような足音を聞く。やはりさっきとおなじように、番頭が屋敷内に駈けこんだのだ。

（やったぜ）

源造は晴れやかに谷町から麦ヤ横丁に出る坂道を下った。

まだ太陽が中天にもかかっていない朝の内である。

杢之助は安堵しながらも驚いた。源造がどちらかの辻番小屋で袋叩きに遭い、松次郎や竹五郎も巻きこまれるのではないかと案じ、見に行こうかと思ったところへ、

「おう、バンモク」

源造が意気揚々と引き揚げてきたのだ。太い眉毛が満足そうに上下している。首尾を聞き、

「そりゃあ、もう間違いないよ源造さん」

すり切れ畳の上で思わず腰を上げた。推測を組み立てたとはいえ、辻番小屋の反応はそれらが事実であることを証明している。またそれを引き出したのは源造の捨て身にも見えた気魄であったことに間違いはないだろう。源造の顔を見つめながら、杢之助はいまそれを感じ取っている。

源造が板倉屋敷と米倉屋敷の門を叩く。両屋敷はなんらかの動きを見せる。そこを見計らって源造が八丁堀に耳打ちし、次郎吉の自供によって、左門町に向くかもしれない同心の眼を一挙に谷町に持っていくのが、このはったりの策だったのだ。

「うまくいきそうだぜ」

源造はすり切れ畳に腰かけたまま杢之助のほうに身をよじった。

「うむ」

杢之助は頷いた。だが、懸念はある。反応が、

(ありすぎる)

のである。どうやら両家とも、

(……内部の犯行では)

疑念を持っていたのではないか。

夕刻、榊原真吾がまたふらりと木戸番小屋に顔を出した。

「どう読めばいいでしょうかねえ」

杢之助は話し、武家屋敷の感覚を訊いた。

「うーむ」

真吾は頷《うなず》きとも呻《うめ》きともつかぬ反応を見せ、

「板倉も米倉も、奉行所には手を出させまい。そうした手は打つはずだ。武家はどこでも、事の真相よりお家大事だからのう」

言ったものである。もちろん真吾も、次郎吉が鼠小僧であることに感づいている。だが、それを口に出すことはなかった。

八

源造は八丁堀の動きに神経を尖《とが》らせ、杢之助はその知らせを待った。いま一人は、まさしく一蓮托生になっているのだ。

あった。源造の捨て身より四日を経ていた。木戸番小屋の三和土に立った源造の表情に、あの日の精気は失せていた。眉毛も動いていない。

「バンモクゥ」

源造が口を開く前から、杢之助は事態が真吾の言ったとおりになったことを悟った。

だが、

(どのように)

源造がすり切れ畳にゆっくりと腰を落とすのを目で追った。

「あの二つの大名家どもめ。家名が似てやがると、やることまでそっくり同じだぜ」

「ほう。お屋敷がなにか手を打ってきたかね」

「あ、、打ちやがった。内済《ないさい》だ」

源造は声を落とし、

「甚平に助十という渡りの中間よ。もう、この世にはいないぜ」

「え？」

「板倉家も米倉家も、それぞれ下屋敷の中間に〝はなはだ無礼の段之有《これあり》よって屋敷内に於《おい》て成敗した〟と、用人が大目付に報告し、金子盗難は外部の犯行に〝相違なし〟とあらためて届け出たらしい」

「つまり、お鼠さんに入られたのに間違いないと？」

「そういうことだ。悔しいぜ。俺たちが取り締まろうとした絵入りの瓦版よ。逆にやつらは逆手に取りやがったのよ。あの偽種《がせねた》が、実は本当だなんてな。次郎吉の野郎、お取調べでなんでもかんでもハイハイと答えていたというからなあ。まったく、やってねえものはやってねえって、はっきり言えってんだ」

最後の言葉は、声を荒げた。

「なるほど、榊原さまがおっしゃってたのは、そのことのようだな」

「なんて？」

「奉行所がいったん鼠の犯行と断定したものを、実は屋敷内の中間でしたってことになれば、両家は武家のあいだどころか江戸中で嗤《わら》いものになり、大目付は自分たちの体面を保つために〝家事不取締り〟で両家になんらかの処断を下すことにもなりかねないってな」

「ふむ、そういうところだろう。あの絵入りの読売野郎どもめ、お大名家を救いやがったってことになるぜ。まったくよ」

源造は吐き捨てるように言った。

「ふむ」

杢之助は小さく頷き、かつて麦ヤ横丁の北側まで尾行したあの読売二人の顔を思い浮かべた。そやつらの塒は、松次郎や竹五郎から聞いて知っている。

「だがよ」

源造はすり切れ畳から腰を浮かせ、開け放しにしていた腰高障子に手をかけてみずから閉め、

「八丁堀の旦那から、左門町の名もおケイの名もまったく出ねえのだ」

言いながらふたたび腰をすり切れ畳に腰を据え、杢之助のほうに身をよじった。

「ん？」

杢之助はあらためて源造の顔を凝視した。

「自供のなかにそいつがあったなら、八丁堀の旦那から俺に話があるはずだぜ。それがまったくねえ。ひょっとすると」

「次郎吉どん、そのことだけは話していない……と」

「そういうことにならあ。やつめ、おケイの身状《みじよう》を思ってのことかもしれねえ。だとすりゃあ、おケイも大したものじゃねえか。野郎にとっちゃ板倉家と米倉家の合わせて六万五千石より、あのいるのかいねえのか分からねえような女の身一つのほうが、数段重かったってことにならあ。愉快だぜ」

「……うむ」

李之助は頷いた。

それからも、十手の先が左門町に向く気配は毛ほどもなかった。

棒手振たちを泣かせる夕立《ゆうだち》にも、ひと降りごとに夏の気配が弱まり、軒下に雫《しずく》を避けながら松次郎が、

「こいつはけえっていい具合だぜ」

言えば竹五郎も、

「ま、そんなところだ」

頷きはじめていた。文月（七月）もすでに下旬に入っている。そのような一日だった。往還がまだぬかるんでいるなかに、

「さあさあ盗りも盗ったりお鼠さまの行状かくのごとし」

街道に声が飛び、ふたたび瓦版が舞った。お上の目を盗むのではない。四、五人が組になり馴染みの女に借りたか赤や黄色の目立つ着物に三味線をかき鳴らし太鼓を打ち、重ねた紙片を割箸で打って口上をあたりに撒き散らしている。人が群がり足元には泥がはね飛ぶ。

奉行所が次郎吉の取調べを終え、内容をながしたのだ。例によって同心たちが配下の岡っ引に話し、岡っ引たちが日ごろ手なずけている与太どもにながし、たちまち江戸中で目ざとい連中の組ができ急遽一枚摺りの売り合戦となったのだ。人々は競って手に取り路上で目に通した。

九年前の文政六年(一八二三)以来、入った屋敷は九十九カ所に百二十度。二度入った屋敷もあるようだ。すべての屋敷の名が出ているわけではない。出ているのは取り押さえた小幡藩松平家をはじめ、沼津藩水野家、土浦藩土屋家、高槻《たかつき》藩永井家、秋月藩黒田家、それに水戸《みと》の徳川家と、すでに被害当時から名が出ていた屋敷であり、さらに以前絵入りでながされた板倉家と米倉家の名も出ていた。

(便乗しやがって)

杢之助と源造は両家の名を目にとめ、それぞれに晴らしようのない怒りを新たに覚えた。総額が出ていた。金三千百二十一両二分、銀四匁《もんめ》三分とある。それらのすべてが次郎吉の仕業でないことを、杢之助も源造も、さらに清次も榊原真吾も読み取っている。甚平や助十のような不埒《ふらち》な騙《かた》り組がけっこういるはずなのだ。板倉家や米倉家のように便乗して〝家事不取締り〟を次郎吉のせいにした大名家はもっといるかもしれない。だが、それらは永遠に明らかにされることはあるまい。

また、次郎吉がこれまで所帯を持った女にはすべて三行半を出し、親からもまったくの絶縁となる久離帳外《きゅうりちょうがい》の勘当処分を受けていたことに触れ、一人たりとも累を他に及ぼさなかったことを記す瓦版もあった。

読んだ者は、

「えらい！　見事だぜ」

賞賛の声を惜しまなかった。

（おケイに三行半を書いたのは、念のためだったか）

杢之助は思った。源造が、お取調べのなかでやはりおケイの名が出なかったことを確認している。そのような女も左門町の小さな一軒家も、鼠小僧次郎吉の周辺には、最初から存在しなかったことになっているのだ。次郎吉は最後まで伏せたのである。

さらに瓦版には、

――市中引廻しは葉月《はづき》（八月）のころか

書いているのもあった。与力あたりから日付の感触を得たのであろう。引廻しのあとには斬首、獄門《ごくもん》（さらし首）が待っている。

「その日は、手を合わせようぜ」

瓦版を手にした者のなかから、声は上がっていた。

九

葉月（八月）に入った。午《ひる》をすこしまわっている。陽射しはひところの射るような強さを失っている。杢之助の足は谷町への坂道を上っていた。松次郎と竹五郎から聞いた、与太二人の塒を訪ねようとしているのだ。以前、おモトが訪ねた長屋の近くだった。

「おまえら、瓦版で、もうひと儲けしてみねえか」

もちかける算段なのだ。

遊び人なら昼間のほうがつかまえやすいとの予測は当たっていた。狭い部屋にごろごろしていた二人はいきなり訪ねてきた左門町の木戸番に驚き、さらに杢之助が板倉

屋敷と米倉屋敷の甚平と助十の名を出したことに愕然とし、片方が、

「おめえ！」

と、思わず部屋の隅にころがっていた匕首《あいくち》に手を伸ばしたほどだった。それだから、かえって話はしやすかった。

「蛇《じゃ》の道は蛇《へび》よ。話はどこからでも洩れる。こいつは四ツ谷の岡っ引も承知のうえのことだ。やってみねえか」

もちろん、絵入りの瓦版が、甚平と、助十の二人が種元であったことを前提に、杢之助は話を進めているのである。

言う杢之助に二人は身を乗り出した。やはり与太二人は、甚平と助十が屋敷内で処分されたのではないかと疑念を持っていた。だが事の真相など、二人に興味はなかった。あるのは、

(危ない瓦版で、また小遣い銭が稼げる)

その程度の人物であった。

「危なくないぜ。四ツ谷の中ならなあ」

杢之助は二人に言った。

競争相手はいない。彫り師にも擦り師にも余裕はあった。数日後の午すぎである。

与太二人が清次の居酒屋で遅めの腹ごしらえをし、四ツ谷大木戸のほうへ出ていった。

杢之助が見送り、

「心配するねえ」

源造が二人に言い、すこし遅れて居酒屋を出た。

二人は笠で顔を隠し、小脇には一枚摺りの瓦版を抱えこんでいる。手はじめに内藤新宿で捌《さば》くのである。大木戸を出た。

「えー、旦那。鼠小僧の裏話で」

路地の軒端で密かに声をかける。

「えっ、ほんとうか!」

買ってその場で開いた者は一様に言う。

――卑劣　死人《しびと》に口なし　大名家が身内の盗みをお鼠さまの所為《せい》に
摺り文字が躍っている。

「ほんとうでさあ。あ、そこのご新造さんも一枚どうです」

「えっ、お鼠さまの?　どれ」

そこに板倉屋敷と米倉屋敷の名はもちろん中間二人の名まで記されているとあって

はその人物を知る者もおり、俄然《がぜん》信憑性は増す。というよりも、それが事実なのだ。

二人が小脇に抱えていた束はたちまちなくなった。

「へへへ、これじゃもっと持ってくるんでしたぜ」

与太二人は終始見張りについていてくれた岡っ引の源造に喜んで言った。

夕刻近く松次郎と竹五郎が帰ってきた。

「なんなんでえ、これってよ」

松次郎が三和土に入るなり瓦版をひらひらと振り、

「あり得ることだって、みんな言ってたよ」

竹五郎がつなぐ。

二人はきょう、内藤新宿とは逆方向になる鮫ガ橋《さめがばし》の一帯をながしていたのだ。大木戸の向こうに撒いた瓦版が、半日も経ないあいだに府内へながれかなり広い範囲でまわし読みされていたのだ。当然板倉屋敷と米倉屋敷にもご注進に及んだ者はあり、いまごろ両家では仰天しているころであろう。

「うむ。たぶん、そうだろうなあ」

松次郎と竹五郎に応える杢之助の心中は苦しかった。真相を、この二人といえど吐露できないのである。

翌日、おなじ時刻である。ふたたび与太二人は清次の居酒屋を意気揚々と出た。小脇にはきのうとおなじ瓦版を抱え、笠で顔を隠している。源造を見張り役に大木戸の手前で脇道にそれた。きょうは四ツ谷界隈の街道筋をながすのである。杢之助は木戸番小屋に戻らず、縁台に腰かけた。やがて与太二人は、左門町や麦ヤ横丁の枝道にも入ることになるだろう。

「なにを考えているんですか。大丈夫なんですかぁ？」

おミネが心配げに茶を運んできた。

「さあ、あの谷町の話。ここに詳しく書いてあるよ」

与太二人は軒端に声をかけ、きょうもけっこう売れている。

左門町から大木戸までは三丁（およそ三百米）ほどである。源造が視界のうちで脇道をのぞきこむように立っている。ときおり二人が街道に出てきてはまた別の枝道に入る。縁台からも、小脇の束が少なくなっているのが分かる。三度目か四度目に見え隠れしたときである。

「ふむ」

杢之助は頷き、

「おミネさん、頼むよ」

暖簾の中に声を入れた。

「あいよ」

おミネは暖簾を飛び出し、下駄の音を麦ヤ横丁のほうへ響かせた。志乃が見送るように暖簾から顔を出した。源造の立っている付近に、二本差し姿が目立ちはじめたのだ。ただ歩いているのではない。目的を持ったように周辺を動いている。

（いよいよだ）

源造が杢之助に視線を送った。左門町の木戸から半丁（およそ五十米）ほどの塩町一丁目の枝道である。源造は身構えた。枝道のなかで諍《いさか》いの始まった雰囲気が街道にも洩れ出てくる。往来人が立ちどまり、走りこむ者もいる。一塊《ひとかたまり》が飛び出てきた。

杢之助は走った。往還には人も馬も大八車も出ている。町駕籠が、

「おっとっと」

騒ぎを避けようと駕籠尻を地面にこすりつけ土ぼこりを上げた。

「おた、おた、お助けー！」

「人殺しだーっ」

枝道から街道に駈け出てきたのは読売をしていた与太二人である。武士が数人追い

かけている。威嚇のつもりか、

「逃げるなっ」

一人が抜刀した。脇で女の悲鳴が上がる。

「逃げろーっ」

源造が横合いから体当たりし抜刀した武士の足をもつれさせた。興奮したのかもう一人が抜刀した。下駄を投げる者がいた。李之助である。武士の顔面に命中した。

「おっ、助けろ」

声とともに往来人からも石が一つ二つと飛び、罵声とともにその数を増す。与太二人は瓦版を周辺に撒き散らしながら左門町の木戸に逃げこんだ。

「閉めろー、木戸を閉めてくれーっ」

李之助は悲鳴を上げるように叫んだ。木戸番が叫ぶのである。

「おう」

応じる者がいる。あたりは撒かれた瓦版を拾おうとする者、逃げようとする者がぶつかり合う。周辺からも人が走り寄ってくる。そのなかに人混みを掻き分け抜刀した武士の正面に向かって飛び出た浪人姿があった。真吾である。すれ違いざま抜刀した武士に抜き打ちをかけた。刀の地面に落ちる音が周囲の者にも聞こえた。真吾の刀の峰がしたたかに武士の左手首を打ったのだ。

「おおぉぉ」

町衆から声が上がる。

「ううぅっ」

武士は手首を押さえその場にうずくまった。

「街道での騒ぎ、迷惑ぞ！」

腰を落とし身構える浪人姿に追いかけてきた他の武士たちはたじろぎ狼狽《ろうばい》の態《てい》となった。周囲にはすでに人垣ができている。そのなかから、

「おっ、この人ら！　板倉屋敷のお侍たちだ！　米倉屋敷のもいる！」

大声を出したのは清次であった。もちろん顔を知っているわけではない。打ち合わせどおりである。声はつづいた。女の声だ。

「あっ、このお侍さん、谷町で見たことがあるぅ！」

「えぇぇ？」

志乃が言ったのへまわりは拾い上げた瓦版と狼狽する侍たちを交互に見くらべる。

「引けー！　引けいっ」

衆人環視のなかに武士の一人が叫び、他の武士たちも逃げるように町衆を掻き分け

麦ヤ横丁の枝道に駈けこんだ。うずくまっていた侍は刀を拾ったものの手首を押さえ苦痛に顔をゆがめて走った。骨を砕かれたのであろう。

「へん、やっぱり谷町の二本差しどもだぜ」

街道から声が出た。

「あっ、危ない！」

おミネだ。逃げこんできた武士とぶつかりそうになったのだ。おミネは例によって駈け出た手習い子たちと一群になっていた。

「キャーッ」

五歳くらいの女の子が尻餅をついた。すぐに太一が駈け寄り起こし上げた。

街道では杢之助が、

「さあさあみなさん。もう大丈夫です。収まりましたから」

声を張り上げていた。

「恐かったろう、杢さん」

いつの間に出てきたのか一膳飯屋のおかみさんが半分閉じられた木戸のそばに立っていた。

「さすがは手習いの先生」

榊原真吾に畏敬の目をそそいでいる。そのなかに、

「おっかなかったよー」

言いながら杢之助は木戸を開けなおした。

周囲にはまだ立ち去りかねている人々が多い。与太二人はとっくにいずれかへ逃げ去っている。子供たちの歓声が上がった。真吾が言ったのだ。

「きょうの手習いはこれで終りだ」

子たちは一斉にいま武士たちが走り去った麦ヤ横丁に駈けこんだ。手習い道具を取りに戻ったのだ。おりよく市ケ谷八幡の打つ昼八ツの鐘の音がながれてきた。夕刻になれば、騒ぎを聞きつけ戻ってきた松次郎と竹五郎が、現場に居合わせなかったことをしきりに悔しがることだろう。

源造が瓦版数枚をふところに八丁堀へ向かったのはその日のうちであった。同心に報告した。

「きょう、四ツ谷の街道に不逞な読売が出やして。この瓦版でさあ。そこへ板倉家と米倉家の侍が七、八人出てきまして、二人を取り囲み拉致《らち》しようとしたんでさあ。あっしは抜刀した一人に組みつきやして、まわりの町衆も石や下駄を投げたり天秤棒を振

り回したりで応援をしてくれやして、侍どもを追い払いましてございます。読売どもの身元も割っておりやす」

「うむ」

同心は瓦版を見ながら頷き、

「そりゃあ両家のご家中ら、かえってこの瓦版の中身を裏づけたようなものだな」

他の同心たちも、板倉家と米倉家の措置には胡散臭いものを感じていたようだ。源造に手札を渡している同心はつづけ、つけ加えた。

「奉行所の記録が書き換えられることはあるまいが、両家は大目付さまの前でなんらかの釈明を求められることにはなろうかのう。それにな、鼠小僧の処断の日が決まったぞ」

「えっ、いつ。いつで？」

源造は身を乗り出した。

「今月十九日だ」

十

その日は、刻々と近づいていた。

朝から降ったり熄《や》んだりの小雨がつづいていた。午《ひる》ごろ、

「もう秋ってわけねえだろうに、肌寒いぜ」

松次郎がふらりと木戸番小屋に顔を出し、

「竹の野郎、朝から部屋で鑿《のみ》を握って羅宇竹に笹の葉の彫《ほり》を入れてやがらあ。俺ゃ退屈だからちょいと湯に浸かってくる」

裸足《はだし》で傘を差し、通りへ出たあとだった。

「バンモクゥ」

桐油合羽《とうゆがっぱ》に笠をかぶり、源造が腰高障子を引き開けた。

「どうしたい、こんな日に」

「あ、おめえにちょいと知らせたいことがあってな」

杢之助が三和土に用意していた水桶で足を洗いながら言った。

「ん？　わざわざ、きょうにかい」

「きょうだからさ」

源造は言い、すり切れ畳に腰を下ろした。

「板倉家と米倉家よ。家老かそれに近い侍が切腹するって噂が出ているぜ」

「えっ」

「もうやったのかこれからなのか。お大名家の中のことは分からねえ。だが、八丁堀の旦那が言いなさることだから間違いはねえ。だがよ、理由が気に入らねえぜ」

「どんな」

「鼠に入られた不手際ならびに家中の者が町場で乱心し将軍家のお膝元を騒がせた責を取り……らしい。ふざけやがって」

「そうかい。でもよ……供養《くよう》にはなりそうじゃないか」

「あ、……あしただもんな」

杢之助は黙って頷き、あと源造はとりとめのない話をしていった。その会話のなかに、二人は鼠小僧次郎吉の名を敢《あ》えて出さなかった。

源造が腰を上げたとき、小雨は熄んでいた。

「まったく、時雨《しぐれ》みてえだぜ。しょぼしょぼと」

笠を小脇に、源造は雪駄をふところに敷居を外にまたいだ。杢之助はしばらくすり切れ畳に座ったままだった。奉行所から読売二人の探索に指示はでなかったようだ。

源造が開け放したままにした腰高障子を閉めようと三和土に下りたとき、また降り出していた。霧雨《きりさめ》に近かった。

翌日、明け六ツの鐘が鳴り終わったとき、江戸の町には薄日が射していた。李之助は開けたばかりの左門町の木戸の前で大きく伸びをし、四ツ谷御門の方向を凝《じ》っと見つめた。天保三年葉月十九日の夜が明けたのだ。

市中引廻しは、獄門、火あぶり、磔《はりつけ》など重刑に科せられる付加刑である。それも多くは小伝馬町の牢屋敷を出て江戸橋に向かい、そこから川沿いに日本橋南詰の高札場に至って引き返すという片道十丁（およそ一粁《キロ》）ほどの距離である。それでも一帯は繁華な町家の商業地であり、見物人は殺到し十分に見せしめの用になる。だが重罪の場合はそれでも足らず、日本橋からさらに東海道を江戸町奉行所の支配地である高輪《なわ》の大木戸まで進み、そこから引き返して増上寺の裏手を経て江戸城外濠の一角である溜池《ためいけ》辺に出てから外濠の通りに沿って四ツ谷御門、市ケ谷御門、牛込御門、小石川御門の前を通る。すでに江戸城の北側である。そこから濠端《ほりばた》を離れて本郷の通りを進み上野《うえの》不忍池《しのばずのいけ》の南岸をかすめ、上野池之端《いけのはた》から浅草雷門《あさくさかみなりもん》の前を経て花川戸に向かい、大川の御蔵前を通過し、江戸城を中心に市中をぐるりとまわった道筋をたどってからふたたび小伝馬町の牢屋敷に戻り、斬首となる。道程《みちのり》はなんと十里（およそ四十粁）近くに及び、日の出に小伝馬町を出ても戻ってくるのは夕刻近くになる。火あぶりや磔ならさらにそこから行列は小塚原《こづかっぱら》か品川鈴ケ森の刑場に向かうことになる。

次郎吉は人ひとり殺傷していないとはいえ、大名家や高禄旗本の屋敷ばかり三千余両も盗み取ったとされているのである。道程十里を裸馬の背に揺られることは、各同心から道筋を縄張とする岡っ引たちに通知がいき、それぞれの自身番も警備や休息の一翼を担うことになっている。当然岡っ引や町役たちの口から町衆に何日も前から知れわたっている。

「俺たちは市ケ谷御門のあたりで拝ましてもらうぜ」

「あしたはあのあたりをながすことになっているから」

松次郎と竹五郎は言っていた。

（おケイさん、どうしているか）

気になった。

『江戸にあたしをとどめるものがなくなったとき、常陸《ひたち》に帰ります』

数日前、おケイは杢之助に言った。昨夜霧雨だったが火の用心にまわり、路地裏をのぞいたが木戸を閉める夜四ツ近くになっても明かりは点いていた。おそらく、一晩中消えることはなかっただろう。おケイを江戸にとどめるものは、きょう消えるのである。

（声をかけずにおこう）

ふたたび李之助は大きく息を吸った。

午前《ひるまえ》だった。一膳飯屋のかみさんが木戸番小屋の前に下駄の音を立てて街道のほうへ駈けて行った。

「儂もちょいと見に行ってくるよ」

李之助は腰を上げ、おもての居酒屋に声を入れた。清次は昼めしの仕込みにかかっていた。一膳飯屋のおかみさんは店の仕事をおっぽり出して四ツ谷御門前に走ったようだ。

「かなりまえにおケイさんがこの前を通って行きましたよ」

おミネが自分も見に行きたそうな顔で言った。

薄日がときおり曇りになり、降ってはいないが全体が湿っぽく、気のせいか肌寒ささえ感じられる。

四ツ谷御門前の往還の両脇はすでに人波に埋まっていた。ざわついている。

「開けろ！　道を開けるんだあ」

源造の声だった。行列が近づいたのだ。六尺棒を持った奉行所の小者数名を使嗾《しそう》するように声を嗄《か》らしている。四ツ谷御門前から市ケ谷御門前にかけては源造の縄張なのだ。

「来たぞ、来たぞ」

李之助が肩をもまれながら立っている近くから声が上がった。先頭が見えてきたのだ。

六尺棒を持った奉行所の小者四人、行列の先払いである。つぎに素足で罪状が書きこまれた幟旗《のぼりばた》を持った人足がつづく。

——盗賊　次郎吉

黒々と大書されている。さすがに奉行所の正式なお触れである。〝鼠小僧〟次郎吉とは書いていない。罪状と刑が書かれている。屋敷名はないものの〝九十九箇所百二十度に及び〟とあり、三千両を越す金額とともに、

——不届き至極に付斬首の上小塚原にて獄門

とある。磔にはならないが、三日間のさらしである。獄門台で顔面が腐乱する限度が三日間なのだ。さらし首は埋葬を許されず、火あぶりや磔《はりつけ》の罪人同様、刑場に捨て置かれることになる。

幟旗持ちには手替《てがわ》りが二人つき、そのうしろにこれも素足で抜き身の槍を持った下

人二人が従い、そこにも手替りが一人ずつついている。その背後へ裸馬に乗せられうしろ手に縛られた罪人がつづく。馬の両脇を突棒《つくぼう》や刺股《さすまた》を持った素足の下人が八名ほどで固め、その馬に従う奉行所の小者が四人つづき、さらに警備の同心四人が袴《はかま》の股《もも》立《だち》を取って歩を進め、最後尾を検視の与力二騎が槍持《やりもち》と挟箱持《はさみばこもち》を従え固めている。

「おおぉぉ」

どよめきが上がっている。それが近づいてくる。

眼前を幟旗がすぎ、馬が行く。

「おっ、あれは！」

「さすが鼠小僧！」

「やっぱりお鼠さま！」

男の声、女の声が杢之助の耳に入る。

「おおっ」

杢之助も声を上げ、目を見張った。馬上の罪人は髷節《まげぶし》を切ってざんばら髪となり、破れ着物に腰紐は荒縄で沿道の哀れを買うものであるが、次郎吉は違った。奉行所にも慈悲はある。死にゆく者に食べたいものなどがあれば聞き、不謹慎でない限り所望するものは許した。この日、次郎吉は髷節を切って罪人であることは示していたが、顔面に薄化粧をほどこし、黒麻《くろあさ》の帷子《かたびら》に更紗《さらさ》の襦袢《じゅばん》を重ねて八端《はったん》の帯で締め、足には白足袋をはきうしろに縛られた手には紫《し》房《ふさ》の数珠《じゅず》を握っていた。奉行所が次郎吉にそこまで許したのは、普段から町奉行所の者を不浄役人などと見下している大名家や旗本への意《い》趣《しゅ》返《がえ》しがあったろうか。次郎吉にしては菊之助か団十郎かといった町家の声に応えたのであろう。それを思わせるに十分な演出であった。

源造も行列を迎え間近にその姿を見たとき、思わず絶句したものである。一膳飯屋のおかみさんなどは、とうてい鼻べちゃで下唇の厚い小男の次郎吉だとは気がつくまい。沿道の人波と一緒になって感嘆の声を上げているはずだ。市ケ谷で見物するという松次郎や竹五郎もきっとそうであろう。

次郎吉は馬の背に揺られながら凝っと前方を見つめ、全身で沿道のどよめきを受けている。杢之助のすぐ近くだった。一段と響きわたる声が次郎吉に投げられた。

「次郎吉ーっ、日本一！」

杢之助は声のほうに顔を向けた。おケイだった。次郎吉はそのほうに視線を向け、馬上から大きく頷いた。歓声が上がり、おなじ声が周囲につづく。列は眼前をすぎた。人垣はくずれて往還を埋め、やがて四ツ谷御門前から消えた。そのなかに、杢之助はおケイの姿を見失った。松次郎や竹五郎が人垣を掻き分けるころ、源造の先導役の任も終りになろうか。

「ねえねえ、見てきたよ。いい男だったねえ」

最初の一報を町に入れたかったのか、一膳飯屋のおかみさんは清次の居酒屋に大きな声を入れ、左門町の木戸を入るなり木戸番小屋をのぞいてぷいと身を返し、

「あれじゃこっちの次郎吉さん、名前負けだよ。あたしもお鼠の次郎吉さまに言ってやったさ、日本一って」

飯屋にたどりつくまでも町内の者をつかまえては声を撒き散らしていた。

いつ日の入りか分からなかった。雲が増し、雨がそぼ降りはじめていた。それも宵闇があたりを覆うころには熄《や》み、更けたころにはふたたび地面を湿らせはじめた。こういう夜は、居酒屋に客は来ない。

木戸番小屋で、清次が杢之助の湯呑みにぬる燗のチロリをかたむけた。蒸し暑さはもう感じない。油皿の炎が小さく揺れた。さきほど小雨のなかをおミネが太一を急かすように長屋の路地に駈けこんだばかりだ。傘を差すほどの降りではない。

「終りやしたね」

自分の湯呑みにもチロリをかたむけ、清次は低く言った。

「そうはいくめえよ。俺たちはまだ生きていらあ」

「ほれほれ、また杢之助さんの取りこし苦労がはじまった」

清次は湯呑みを取るよう手で示しながら言った。

「いや。取りこし苦労にはならねえぜ、これからはなあ。八丁堀の同心もそうだが、身近な源造はもっとあなどれんぞ」

杢之助は湯呑みをあおり、口に運びかけた清次はその手をとめた。

「もっともで」

言い、ふたたび手を動かした。その短い言葉には、実感がこもっていた。


翌朝、空に雲は消えていた。道はぬかるむほどではなかった。

「いい時雨《しぐれ》だったぜ、きのうは」

「涙雨っていうのかねえ」

木戸のところで松次郎は天秤棒の紐をブルルと振り、竹五郎は背の道具箱にカチャリと音を立てた。

午後、太一がまた木戸番小屋に飛びこんでくる時分だった。下駄の音は一膳飯屋のおかみさんだった。

「杢さん、おかしいよ。おケイさん、いなくなったよ」

不思議そうな表情で声を入れた。

「ほう。人それぞれだもんなあ」

杢之助は応えた。常陸には千住宿を通る。小塚原の刑場はその宿場にある。竹矢来《たけやらい》越しに獄門台に手を合わせる人垣ができていた。そのなかに、旅装束の女が混じっていたことを、杢之助は知っている。

「おじちゃーん」

太一の声が聞こえた。いつものように手習い道具をすり切れ畳の上に抛るようにおき、また飛び出ていく。その背に目を細めたあと、杢之助の胸中にフッと寂しさがよぎった。左門町での杢之助の日々は、まだつづくのである。

あとがき

とうとうこの木戸番シリーズは十作目を迎えた。ここまで回を重ねることができたのは、ひとえに本書をお読みくださっている読者の方々のお蔭と感謝している。また、時代物には戦国期や激動期を題材にした歴史小説や活劇、英雄を扱ったものが多いなかで、本シリーズが心がけている、市井《しせい》に埋もれた人物を主人公としたものも読まれていることに嬉しさがこみ上げてくる。歴史とは時代の積み重ねであり、もちろん現代も含めてだが、それらは英雄や特異な人物が創り出すものではなく、その時代を生きた、あるいは生きている一人ひとりが寄り集まったところに形づくられており、それらのすべてが主人公だと思うからだ。

最初、江戸の町ならどこにでもあった木戸を中心に、さらにそこを塒《ねぐら》にする番太郎を主人公にした作品を描きたいと思ったのは、木戸を覗《のぞ》けば江戸の町そのものが見えてくるのではないかと感じたからである。そこにこそ、お江戸に生きた人々の息吹が伝わってくるのではないか。もしこの物語を通じてそれらの一端なりとも感じ取っていただけたなら、書き手にとってこの上ない喜びである。また、書けば書くほどに思われてくるのは、平成の現代もお江戸の時代も、人の営みにおいてはなんら変わるところはなく、心情はいつの時代もおなじではないかという点だ。

第一話の「埋もれた殺し」は、心ならずも子を捨てたかたちになってしまった女を中心に事態は進む。この物語を書いているとき、偶然というか新聞に幼児虐待のニュースが連続して出た。江戸時代を描きながら、現代に幼児を虐待する親たちに対する怒りと、虐待されていた幼児に、可哀相の一言ではいい表せない打ち沈んだ思いを禁じ得なかった。江戸時代、捨子のあった場合、三歳までは捨子で四歳からは迷子として扱い、迷子ならもちろん町や村の地域で保護して役人が親を找《さが》すことになり、捨子の場合は里親を募るかあるいは地域ぐるみで育てるのが掟法《じょうほう》であった。第一話は、そうした社会を背景に組み立てた。おモトのとった措置、それを援《たす》けた杢之助の行動には共鳴していただけるものと思う。また、スリの取締りが現行犯逮捕しか方法がなかったのは今も昔も変わりがない。江戸時代は四度目に死罪となったが、現在でも市民の安寧を脅かす者には重刑で挑むべきではないか。

第二話の「いわくありげな女」では、いよいよ鼠小僧次郎吉が登場する。次郎吉には女房イチのほかにも妾が何人かいたことが確認されており、ここに出てくるおケイはもちろん左門町と次郎吉を結びつけるための創作である。そのおケイを〝ぽっとり型〟の女にしたのは、それによって次郎吉の心情をあらわしたかったからだ。このおケイなら、入り婿の憐れな旗本が横恋慕するのも頷けるのではなかろうか。次郎吉が親の勘当を受け、女たちにもすべて三行半《みくだりはん》を書き、累が及ばないようにしていたのは記録にのこされている通りである。

第三話の「〝鼠〟といわれた男」で次郎吉は御用となるが、記録には文政から天保にかけてのおよそ十年間に入った屋敷は九十九カ所、百二十度、奪った金子は金三千二百十一両二分、銀四匁《もんめ》三分、銭《ぜに》七百文などとあるが、本当だろうか。その裏には甚平や助十のような不逞《ふてい》の輩《やから》がいて、それを大名家が密かに処分したことも十分に考えられる。この物語はそれを素材とした。また鼠小僧が貧民に金を配ったなど義賊であったとするのは、後の狂言師や講釈師のまったくの創作だが、そうした創作が人々に受け入れられるところに鼠小僧の特異性がうかがえようか。市内引廻しのとき次郎吉が派手な演出をしたのも、記録にのこされている通りだが、私がこの物語を組むにおいて興味を持ったのは、なぜ奉行所がそれを許したかという点であった。物語のなかでその一端は示しておいた。その後、本所回向院《ほんじょえこういん》にある鼠小僧の墓石を欠いて懐中にしておれば無尽や博打に当たるといわれ、その墓場が賑《にぎ》わったというが、当時次郎吉の葬儀や埋葬は許されず、墓石があるはずはないのだが、それが創られたのもまた人情としておもしろい。回向院にその墓を見に行ったことがあるが、現在なおその墓石が欠かれないよう金網がかけられていたのには、チョン髷を結っていた人々と現代の人間の共通点を示していようか。もし金網がなかったなら、私もちょいと欠いて持ち帰り、秘かな宝物にしたかもしれない。

次郎吉はむろん、この物語に出てくる強請《ゆすり》男も不逞中間《ちゆうげん》も処断され、おモトは小田原に戻り、おケイも常陸《ひたち》に帰ったが、杢之助はまだ左門町に住み天保の世に生きつづける。生きている限り〝取りこし苦労〟が現実となり、松つぁんや竹さん、おミネや一坊らに囲まれ、また清次や真吾に援けられながら、密かに始末をつけなければならないのが杢之助の因果な一生なのだ。今後とも杢之助の生き方に、読者の方々のご支援をお願いしたい。

平成十九年　夏

喜安幸夫

特選時代小説

KOSAIDO BUNKO

木戸《きど》の夏時雨《なつしぐれ》

大江戸番太郎事件帳《おおえどばんたろうじけんちょう》㊉

2007年8月1日　第1版第1刷

著者
喜安幸夫《きやすゆきお》

発行者
蔀　聡志

発行所
株式会社廣済堂出版
〒104-0061 東京都中央区銀座3-7-6
電話◆03-3538-7214[編集部]03-3538-7212[販売部]Fax◆03-3538-7223[販売部]
振替00180-0-164137　http://www.kosaido-pub.co.jp

印刷所・製本所
株式会社廣済堂

ISBN978-4-331-61288-0　C0193

廣済堂文庫

特選時代小説

喜安幸夫

木戸の闇裁き

大江戸番太郎事件帳㈠

江戸を騒がす悪党は闇に葬れ！　四谷左門町の木戸番・杢之助。さまざまな事件に鮮やかな裁きを見せる男の知られざる過去とは……。

喜安幸夫

殺しの入れ札

大江戸番太郎事件帳㈡

己の過去を詮索する目を逃れて一時町から姿を消す杢之助だったが、再び町に戻り火付盗賊改方の役宅に巣食う鬼薊一家と死闘を繰り広げる。

喜安幸夫

木戸の裏始末

大江戸番太郎事件帳㈢

四谷一帯が火の海と化した！　左門町の周りで巻き起こる様々な事件を解決するため、凶悪非道の徒を追って、杢之助が疾駆する。

喜安幸夫

木戸の闇仕置

大江戸番太郎事件帳㈣

三十両という大金とともに消えた死体の謎！　人知れず静かに生きたいという思いとは裏腹に、杢之助の下には次々と事件が持ち込まれる。

喜安幸夫

木戸の影裁き

大江戸番太郎事件帳㈤

内藤新宿の太宗寺に男女の変死体が！　杢之助は事件の裏に蠢く得体の知れないものの正体を暴き、町の平穏を守ろうとする。

喜安幸夫

木戸の隠れ裁き

大江戸番太郎事件帳㈥

質の悪い酔客にからまれ、誤って殺人を犯してしまう町娘の苦難を救う、木戸番・杢之助の見事な裁きとは!?

喜安幸夫

木戸の闇走り

大江戸番太郎事件帳㈦

左門町の隣町・忍原横丁に越して来た医者・竹林斎。人徳もあり腕もいいこの医者の弱みにつけ込み脅迫する代脈を、杢之助が始末する。

廣済堂文庫
特選時代小説

喜安幸夫
木戸の無情剣
大江戸番太郎事件帳㈧
左門町の向かいの麦ヤ横丁に看板を出す三味線師匠・マツを強請っている男の正体を突き止めた杢之助は、浪人の真吾とともに男を始末する。

喜安幸夫
木戸の闇同心
大江戸番太郎事件帳㈨
奉行所が各所に隠密を放ち、江戸の総浚いを始めた。果たしてその目的は何なのか！　大盗賊という過去を持つ杢之助に危機が迫る！

久坂　裕
井戸の首
室伏忠慶事件帳
江戸市中を騒がす生首事件の裏に隠されたものとは!?　南町奉行所筆頭与力・室伏忠慶が私腹を肥やす悪党たちの恐るべき陰謀に立ち向かう。

久坂　裕
遠い月
室伏忠慶事件帳
両国橋のたもとで夜鷹の死体が見つかった。明日を夢見て懸命に生きていた女の命を奪った下手人に、室伏が怒りの十手を振り下ろす！

小松重男
ずっこけ侍
主君にも明かせぬ名前・三毛蘭次郎の由来とは。代々託された南蛮絵を守り抜き、浪人の身となった男が試みる江戸の珍商売の数々。

小松重男
間男三昧
間男大好きの商家の若妻が主人公の表題作ほか、男子禁制の奥向で女だけの芝居をする〝お狂言師〟の連作など、知られざる江戸性事情を綴る。

小松重男
やっとこ侍
食い扶持の低さに喘いでいても、心は侍。江戸時代の底辺を担って生きた下級武士の心意気を無類のユーモアとペーソスで綴る。

廣済堂文庫
特選時代小説

小松重男
御庭番秘聞
砲術、算術、閨房術の全てに優れた御庭番・川村修就は、薩摩藩の放った女密偵を取り込んで極秘情報を入手し、密貿易の実態を暴く。

小松重男
秘伝 陰の御庭番
大奥女中を手籠めにして江戸を追われた鷹取俊太郎。実は将軍家治から「陰の御庭番」創設という重大な使命を課せられていたのだった。

小松重男
維新の御庭番
大政奉還、鳥羽伏見の戦い、そして江戸城明け渡しと、幕末最期の御庭番が目の当たりにした徳川家崩壊の喜悲劇と江戸庶民の哀歓を描く。

小松重男
桜田御用屋敷
御庭番の川島真五郎に、蝦夷地でオットセイの陰茎と睾丸を干したものを探し出せという命令が下った。死地で真五郎を待ち受ける危機！

坂岡 真
修羅道中悪人狩り
南町奉行所の元隠密廻り・伊坂八郎兵衛は大津を出て北国街道を旅しながら、次々に襲い来る難問と強敵に、豪壮無比の秘剣・豪撃で挑む。

坂岡 真
孤剣 北国街道
修羅道中悪人狩り

北陸の雄藩をほしいままにする上階級組頭の企みを知ることとなった伊坂八郎兵衛は、必殺の剛剣で悪人どもを斬り捨てる。

坂岡 真
孤狼《ころう》 斬刃剣《ざんじんけん》
修羅道中悪人狩り

用心棒稼業で糊口をしのぐ八郎兵衛は、流れ着いた越後で盗賊集団霞一味を追うことになった。八郎兵衛を待ち受ける〝七曲がりの罠〟とは!?

廣済堂文庫
特選時代小説

坂岡 真
孤影 奥州街道
修羅道中悪人狩り

流浪から三年ぶりに江戸に戻った伊坂八郎兵衛は、北町奉行・遠山景元の命を受け、悪辣非道の盗人と、陸奥国雄藩の陰謀を暴き出す!

島村 匠
風雲甲穴城《こうけつじょう》
幕末偽士伝

〝新鮮組〟を名のる三人の男と武士姿の美女が、百万両の隠し金を狙って甲州に向かう。次々に現れる敵の裏には勝海舟の意外な深謀が……。

城 駿一郎
鏡四郎活殺剣

直参旗本の冷や飯食いながら小野派一刀流の遣い手である神保鏡四郎は、八代将軍徳川綱吉暗殺を企てる忍びの軍団に立ち向かう。

城 駿一郎
暁の剣風
神保鏡四郎事件控

大番頭、小日向釆女が何者かに暗殺された。売れっ子芸者京香とともに事件を探索する鏡四郎は、襲い来る敵に次第に追い詰められていく。

城 駿一郎
漆黒の剣風
神保鏡四郎事件控

抜け荷にからむ事件に巻き込まれた鏡四郎と京香は探索を始めるが、秘剣〝双頭の竜〟を操る卯月小十郎に次第に追い詰められていく。

城 駿一郎
天雷の剣風
神保鏡四郎事件控

神保鏡四郎と京香に闇の組織「風神」の影が忍び寄る……。江戸の闇を跋扈する匿い屋の正体は!? 天衣無縫の活殺剣が天を裂き、闇に轟く。

城 駿一郎
火焰《かえん》の剣風
神保鏡四郎事件控

江戸市中で若い娘たちが次々に誘拐された!事件の裏に潜む闇の組織に挑んでいく鏡四郎と京香を待ち受けていたものは……。